東京喰種 トーキョーグール [日々]

TOKYO GHOUL

ISHIDA SUI

novel

JUMP j BOOKS

原作 石田スイ Ishida sui

小説 十和田シン Towada shin

登場人物紹介

T O K Y O

金木研

文学を好む平凡な青年だったが、事故により〝喰種《グール》〟の臓器を移植され〝半喰種〟に。人間と喰種の共存する方法を模索中。

●かねきけん

永近英良

カネキの親友。好奇心が強く、勘が鋭い。

●ながちかひでよし

木山

オカルト研究会の部長。のっぽ。

●きやま

三晃

オカルト研究会の部員。無口。

●さんこう

カイン

オカルト研究家。
木山や三晃と行動をともにする。

霧嶋董香

激情と優しさを表裏に持つ、〝喰種〟の少女。弟がいるのだが…。

●きりしまとうか

小坂依子

トーカの同級生。良く手料理をトーカに振舞っている。気弱な性格をしている。

●こさかよりこ

G H O U L

眉原
●まゆはら

トーカの同級生。
クラス内女子グループのリーダー格。

月山習
●つきやましゅう

食に対して
異常な執着を見せる「美食家」〝喰種〟。

掘ちえ
●ほりちえ

月山の高校の同級生。その活発さと背の低さから、月山からはハムスターに例えられている。

桃池育馬
●ももちいくま

ミュージシャンを目指すために地方から東京に出てきた〝喰種〟。20区に住むが、他の〝喰種〟と関わりを持とうとしたがらない。

笛口雛実
●ふえぐちひなみ

トーカの家に居候する〝喰種〟の孤児。カネキと同じく、高槻《たかつき》泉《せん》の小説を好む。

吉田カズオ
●よしだかずお

フィットネスクラブのスタッフ。なにかと不運な〝喰種〟。

TOKYO GHOUL

東京喰種［日々］

TOKYO GHOUL

目次

#001 ［聖書］ 9

#002 ［弁当］ 59

#003 ［写真］ 113

#004 ［上京］ 159

#005 ［枝折］ 199

#??? ［吉田］ 241

#001 「聖書」

TOKYO 東京〔日々〕喰種 GHOUL

このハンバーグを前にして腹がすかない奴は、多分、味覚がおかしい。

一

アメリカ発のレストランチェーン店、「ビッグガール」。ステーキ店としても名の知れたこの店だが、自分の一押しはなんといっても特製ハンバーグだ。胃袋以上のボリュームを提供するあの国の名に恥じない存在感。しかも、決して大味ではない。

熱した鉄板の上でじゅうじゅうと音をたて、胃袋をガツンと刺激するスパイシーな香り。ひとたびナイフで突き刺せば、中からあふれんばかりの肉汁が飛び出す。それがまた鉄板で熱され、芳醇《ほうじゅん》な肉の香りとなって鼻腔《びこう》に届くのだ。

この店の売りは美味しいハンバーグだけではない。視線を周囲に巡らせれば、そこには来店者の注文をにこやかに聞き、機敏な動きで料理を運ぶ女性スタッフ達がいる。

この店のスタッフ採用要項にはルックスまでも組みこまれているのだろうか。店で働く女性スタッフは見とれるほどに可愛い子が多い。ピッタリと体にフィットした制服が、その可愛さをいっそう際だたせている。健康的かつ扇情的《せんじょう》だ。

「……お」

丁度良く通った女性スタッフの後ろ姿を覗きこむように座席から身を乗り出せば、制服の短いスカートが揺れ、ほどよく肉づいた太腿《ふともも》がしっかりと見えた。太腿に黒のハイソックスが食いこんでいるのがまた堪らない。なんて美味しい光景だ。

あんな彼女が欲しい。そんなことを思いながら頬杖をつき、切り分けておいたハンバーグを一口頬張る。咀嚼《そしゃく》するごとに広がる味は、あれほど夢中で眺めた女子から意識を引き戻すほどだった。旨い。思わず感嘆の吐息を零《こぼ》してしまう。

ここはまさに、自分達に極上の夢を見せてくれる、いわゆるあれだ、それだ、えっと、確か、……なんだったっけ？

「……うっおおお、思い出せねぇ！」

思考が詰まり、思わず両手で頭を押さえのけぞった。突然の奇行に周囲の客も、先ほど自分が熱視線を送っていたスタッフもこちらを見る。だが、今の自分はそれどころではない。ここに来るたびに聞く名称、あの響きが自分は好きだったのだ。なんとか思い出さなければ。

「ど、どうしたんだよ、ヒデ」

そこで、向かいに座っていた青年が慌《あわ》てて呼びかけてくる。自分の世界にトリップしていた、ヒデこと、永近英良《ながちかひでよし》は、その声に我に返ると叫んだ。

「カネキ、なんだったっけ、あれ！　あれ、あれ、あれ、あれ！」

人差し指を激しく上下に振りながら言えば、訊かれた男、金木《かねき》研《けん》は箸を持った手をテーブルの上に置き、「ええ？」と困惑した表情を浮かべる。

「ほら、お前がいつも言ってるやつだよ。ここが俺らの約束の地、『アナン』だか、『クナン』だか。更には花が咲き乱れる『通せんぼう』？」

カネキは呆れた表情を浮かべ、まるで舞台役者のような大袈裟な仕草で腕を組むと、こちらをジロリと睨みつけた。

「……約束の地、『カナン』で、桃の花が咲き乱れる『桃源郷《とうげんきょう》』」

「それだ！」

ヒデは人差し指をカネキの目前までぐっと突き出す。反射的に身を引いたカネキは、呆れ顔を持続させたまま腕をほどき、ブツブツ文句を言い出した。

「だから普段から活字に触れろって言ってるんだ。いいか、ヒデ。カナンは神がアブラハムに子孫繁栄を約束して祝福した土地。桃源郷は不老不死の仙人達が住まう楽園だ。それを苦難だの通せんぼうだの……」

「あー、もういい、もういい。また眠くなっちまうから。そうだ、『カナン』に『桃源郷』だな。大丈夫、今度こそ覚えた」

復唱するヒデを見て、カネキは「またどうせ忘れるんだろ」とぼやきながら箸を握り直す。

正面に座るこの男、金木研とは小学校時代からのつき合いだ。今も学科は違うが二人とも同じ上井《かみい》大学に通っている。

容姿は平凡、中肉中背。読書が趣味で、クラスに必ず一人はいるタイプだ。快活で社交的な自分とは真逆のタイプかもしれない。

「まっ、そういうのはどーでもいいか」

そんな人間考察、専門外。ヒデは通り過ぎたショートカットの女性スタッフにハートマークを浮かべる。

「いつか彼女ができたらさぁ、彼女と一緒にこの『ビッグガール』にも来てーなー」

「ここに女子と来るのはおかしくないか？」

スタッフに目を奪われたまま妄想を膨らませていると、米をかきこみながらカネキが言った。男性客が多いこの店。カネキの発言は妥当ともいえる。

「そりゃ、彼女連れじゃなきゃ行けないようなオシャレな店とか、オットナーなレストランとかも一度は体験したいもんだけど！　自分の思い入れのある店に彼女連れて行って二人で飯食うのが一番落ち着きそうな気がすんだよ」

「なるほど。一理ある」

それにはカネキも同意した。そして何かに気づいたように横に立てかけられていたメニュー表を広げ、こちらに見せてくる。

「……ヒデ、パスタじゃないかな」

「は？」

「彼女はこういうパスタとか食べるんだよ。サラダとセットで」

方向性が違うとはいえ、カネキの読書で鍛えられた妄想レベルは高い。カネキの方がずっと夢見がちだと思うこともある。

「いいな！　ミートソース食ってる彼女に『俺も一口！』とか言ってさ。『もー、仕方ないなぁ♪』なーんて怒られつつ、スパゲティ分けてもらいてー」

メニュー表のスパゲティの写真にカリカリと爪を立てながら主張すると、カネキは自分以上に細かく想像したのか、一拍おいて「悪くないな」と呟いた。

「だろだろ！」

ヒデは身を乗り出しカネキの肩を叩く。カネキは「痛いって」と苦笑し、メニュー表を元の場所に戻してから、空想の続きを楽しむように目を細めた。自分もまた、まだ見ぬ彼女の姿を想像する。一体どんな可愛い子が自分の隣に立っているのだろう。

「……おいおい、また〝喰種《グール》〟出たらしいぜ」

「なにやってんだよ、捜査官はよぉ」

そんな夢心地の自分達に、突然、物騒なワードが飛びこんできた。揃って遠くを眺めていた自分達は、声がした方へと振り返る。そこには自分達と大差ない年齢の男子達がハンバーグを頬張りながら〝喰種《グール》〟について話していた。

「〝喰種《グール》〟かぁ」

カネキがぼんやりとした表情で呟く。ヒデは少し冷めたハンバーグを焼き石に押しつけながら、

「……もし可愛い女の子の〝喰種《グール》〟だったら、俺、つき合える」

と、真顔で言った。それを聞いたカネキが盛大に吹き出す。

「ヒデ……どんだけ切羽詰まってるんだよ。まだ諦める年でもないだろ」

「でもさー、俺、いつまでこんなんだよ……マジで彼女欲しー！」

そこから再び妄想合戦だ。残りを食べ進めながら、理想の彼女像について語り合う。

――〝喰種《グール》〟。

耳にすることはあれども、その実態は目にしたことはない、人間を捕食する生き物。

誰しも漠然とした不安はあれども、例えば予測不能な通り魔や不慮の事故のように、実際、自分達の身に危険が及ぶことなどないだろうと思いこめる距離感。

「カネキ、ミートソースのスパゲティをさ、あーんとかよくね？」

「あー、いいかも。一回はされてみたいよね」

――今度リゼさんとオススメの小説を教え合うんだ……！

あの日のことは今でもよく覚えている。

浮き足立ったカネキが拳を握りながら自分にした報告。それは、カネキが一方的に好意を寄せていた神代利世《かみしろりぜ》という女性と、本屋デートをすることになったというものだった。

彼らの出会いは「あんていく」という名の喫茶店。

ヒデもカネキに連れられ、彼女の姿を見たことがある。

ゆったりと肩から零れるなめらかな黒髪に、知的な印象を与える眼鏡《めがね》と瞳。それでいて、女性らしい艶《なま》かしさを感じさせるふっくらした唇。一見地味だが飾れば化ける、そう感じずにはいられない美人だった。

一目見て諦めろとカネキに言った。カネキも身分不相応であることはわかっているようだった。その彼女とデートをすることになったのだ。

ヒデは「楽しんで来いよ」と送り出した。それが、——境目。

楽しいデート報告を聞くはずだった自分の耳に飛びこんできたのは、彼が工事現場の鉄骨落下事故に巻きこまれ、瀕死《ひんし》の重傷を負ったというニュース。

内臓の損傷が激しかったカネキは、即死状態だったらしいリゼの臓器が移植された。

カネキは奇跡的に生還した。だけど、その日から変わったことがいくつもある。

その内の一つがこれだ。

二

ようやく退院したカネキを連れて、快気祝いに連れて行ったビッグガール。

あれだけ愛してやまなかったハンバーグを、彼はまるで異物のように吐き出した。

テレビをつければひっきりなしに〝喰種《グール》〟のニュースが流れている。

町の人々も見えぬ恐怖に怯《おび》え、〝喰種《グール》〟というワードをひっきりなしに呟いていた。

それもそのはず。自分達が住んでいる20区で、〔CCG〕の捜査官が二人も殺されたのだ。

――〔CCG〕。〝喰種《グール》〟を駆逐《くちく》し、治安維持に努める政府の特殊機関。

しかも殺された内の一人は、〔CCG〕本局から派遣された、腕利きのベテラン喰種《グール》捜査官ときている。

犯人は未だ見つかっておらず、怒りの矛先《ほこさき》は成果を上げられない〔CCG〕にまで向いていた。

そうはいっても、往来に人はあふれていて、客観的に見れば日常が存在している。どれだけの事件が起きようとも、人はどこかで、自分自身に悲劇が訪れるはずがないと信じているのだ。

「……おっと、すんません。どーもどーも」

そんな人々を掻《か》き分《わ》けヒデも日常の中を進む。

「んー、いい香りだな」

たどり着いたのはツタの絡む喫茶店。店先には「あんていく」と書かれた看板と共に、メニューが並んでいる。

「よっと」

ドアノブを握りしめ威勢良く押し開けば、いっそう濃いコーヒーの香りが鼻腔をくすぐった。

店内には観葉植物が並び、憩《いこ》いの場として穏やかな空気が流れている。

「ヒデ」

ドアベルの音でこちらに気づいたカネキが目を見開き呼びかけてくる。ヒデは彼の正面、カウンター席に腰かけると、「どうだ、働いてるか！」と右手を持ち上げた。

「どうしたの？　急に……」

「コーヒー飲みに来たんだよ。ところでトーカちゃんは」

「それじゃあどっちが目的かわからないよ」

客に出すコーヒーを準備しながらカネキが苦笑する。

臓器移植事件後、顔色が悪く、今にも倒れそうだった彼が、ここでバイトを始めてから幾らか落ち着いたように思う。

かくいう自分も少し前、カネキや大学の先輩、西尾《にしお》錦《にしき》と共に車の居眠り運転に巻きこまれ怪我をしたのだが、「あんていく」の人達に助けてもらった。事故のことは、「よく覚えていない」が、助けられたことに恩義を感じている。

特に、自分の看病をしてくれたらしいトーカには感謝していた。可愛いし。

「……ヒデ、そんなしょっちゅう、ここに通わない方がいいよ」

トーカを探すように店内をキョロキョロ見渡していたヒデに、カネキがポツリと漏《も》らす。

「はぁー、なんでだよ！」

「えっ。あ、いやほら、缶コーヒーと違って、ここのコーヒーは値が張るし、ヒデの財布に痛いんじゃないかって」

「それは確かにそうだけど、店員なら客追い払うような真似したら駄目だろ！　とりあえずカプチーノ！」

ヒデはカウンター席をバンバン叩いてコーヒーを急《せ》かした。カネキは仕方ないと言わんばかりに息を吐き、コーヒーカップを取り出す。

「そういや、最近、イギリス史の教授が増毛始めたっぽいんだよな」

「ちょ、やめてよ、手が震える」

頬杖をついてとりとめのないことを話せばカネキが吹き出した。それにどこかホッとしつつ、調子に乗って詳しく語ろうとしたところで、店の奥からトーカが現れる。

「トーカちゃん！」

やたらと響くヒデの声にトーカはビクッとしてから笑顔を浮かべた。

「なんだよ、トーカちゃんいるならトーカちゃんにコーヒー淹《い》れてもらいたかったわ」

「ヒデ、今まさに完成したカプチーノに対して、その仕打ちはなんだ」


それから数日後のことだ。

その日、カネキと講義の時間が合わず会えなかったため、顔でも拝みに行くかと「あんていく」のドアを開いた。

「……？」

丁度客にコーヒーを運んでいたカネキが、自分に気づくなり表情を暗くさせる。何かあったのだろうか。

「よっ」

ひとまず気づかないふりをして、明るい口調でカウンター席に着いた。カネキは周囲を窺《うかが》うようにしながら歩み寄って来た。

「……ヒデ、しばらくここに来るの、控えた方がいいかもしれない」

「〝控える〟？」

「うちの店長が言ってたんだけど、最近、この辺を不審者がうろついてるみたいなんだ」

カネキは神妙な面持ちで事情を説明する。

「何か事件でも起きたのか？」

「そういうわけじゃないんだけど……」

ヒデは、だったら大丈夫だろと笑い飛ばした。しかしカネキの表情は晴れない。

――なんか話せないことでもあんのかな。

注文したコーヒーを飲みながら、ヒデはぼんやりとそんなことを思った。

翌日、大学の講義を聴きながら、ヒデはカネキの言葉を思い出していた。つき合いは古いのだ。カネキが自分のために言ってくれているのはわかる。しかし不審者とは一体？

「永近君」

「うわっ⁉」

すると、ふいに頭上から声が落ちてきた。上《うわ》の空《そら》な自分に教授が気づいて注意しに来たのだろうかと思ったのだが、そこに立っていたのは、眼鏡をかけたひょろ長い青年と、妙に暗い魔女のような女。

「ありゃ、教授は？」

「授業は終わってるよ」

事態が飲みこめず目を瞬《しばた》いていると青年が答える。そんな馬鹿な、とあたりを見渡せば講堂にはほとんど人が残っておらず、ガランとしていた。

「うっわ、やっべー、ノート写してねぇ！」

ヒデは自分に話しかけてきた青年の腕をつかみ、「ワリィ、ノート見せてくんね？」と懇願する。相手は「ごめん、僕はこの講義とってないんだ」と首を横に振った。隣に並ぶ暗い女子に「そっちは」と尋ねるも、同じ反応だ。

「マジかよ……。誰かに借りねーと……って、あれ、誰？」

ここにきて、ようやくその疑問が湧き上がる。

「やっと訊いてくれたね！」

青年は仰々《ぎょうぎょう》しく眼鏡を持ち上げ、胸を張るようにしながら言った。

「僕達は〝オカルト研究会〟のメンバーなんだ！」

「〝オカルト研究会〟？」

聞き慣れない名前だ。

「通称〝オカ研〟。科学では証明できないこの世の秘密にずずいと迫る、活動派サークルさ。ちなみに、僕は部長の木山《きやま》。こちらは新人、三晃《さんこう》君だ」

紹介された三晃は、ぺこりと頭を下げてから、トートバックに入っていた手帳を取り出した。彼女はページをめくりながらヒデに問う。

「あの、金木君って、〝喰種《グール》〟っぽくないですか」

ヒデの体がびくりと震えた。

「……は？」

「だから！」

今度は木山が引き継ぐように言った。

「僕らは金木君が〝喰種《グール》〟ではないかと疑っているのだよ」

講堂から大学敷地内のカフェテラスに場所を移し、ヒデは二人と向かい合う。

「僕達オカ研の大元は、ネットのSNSでね。定期的にテーマが出され、それに沿った研究内容をレポートにまとめ、オフ会で発表するんだ。それで、今回のテーマがズバリ〝喰種《グール》〟なのだよ」

「だからってなんでカネキが〝喰種《グール》〟なんだよ。俺、あいつとは小学校の時からつき合いあんだぜ」

うんざりした表情で問えば、三晃が手帳を開きこちらに向けてきた。そこには小さい文字で人の名前がびっしり書きこんである。

「なんだこれ」

「〝喰種《グール》〟の疑いがある人物をリストアップしました」

ヒデは身を乗り出して手帳を凝視する。あまりの量に、その中からカネキの名前を見つけることは困難だった。

「永近君は知っているかな、〝喰種《グール》〟は人間の食事が食べれないという話を」

「ん、あー、小倉《おぐら》ちゃんの『喰種《グール》解体新書』に書いてあったな」

〝小倉ちゃん〟とは、喰種《グール》研究の権威として著名な人物、小倉久志《ひさし》のことだ。〝喰種《グール》〟がらみの事件が起きれば必ずといっていいほどテレビに出演している。

「なんだ、永近君も〝喰種《グール》〟に興味があったのか！　だったら話が早い。最近金木君が食事を摂っているの、見たことがあるかい？」

「食事ィ？」

「そう、僕らはこの一か月、大学構内で食事を摂ってる姿を見たことがない人物を、〝喰種《グール》〟である可能性があるとして調べてるんだ」

「は⁉　たったそんだけで⁉」

乱暴にもほどがある。大学構内で食事を摂らない人なんて、いくらでもいるだろう。

「今は一人一人、裏を取ってる最中なんだ。で、永近君。この一か月で金木君が食事を摂ってるの、見たことがあるかい？」

「一緒にコーヒーなら飲んだけどな」

納得はできないが、ヒデは素直に答えた。

「それじゃあ白とはいえないなぁ」

「おいおいなんでだよ！　てか、それより前だったら何度も飯に行ってるし！」

「僕らはこの一か月に焦点を当てて調べているのだよ。それじゃあ、他の人の調査もあるからこの辺で」

彼らはヒデの話など聞かず、用は済んだとばかりに立ち去ろうとする。このままではカネキの嫌疑は晴れないままだ。

「ちょ、ちょっと待てって……！　よし、わかった！」

ヒデは膝を叩いて立ち上がる。

「俺もその喰種《グール》調査、手伝わせてもらうぜ！」

拳《こぶし》を振り上げたヒデに、木山と三晃は顔を見合わせた。

三

木山が自ら「活動派サークル」と言っていたように、オカ研のメンバーは活動的だった。リストアップされた人物の様子だけではなく、ヒデにもそうしたように、周辺まで聞きこみ調査を行い、食事の有無を確認する。

活動はそれに留《とど》まらず、20区の〔CCG〕支部に所属する捜査官の巡回ルートまで彼らはチェックしていた。

「最近20区内で捜査官殺しがあったから、パトロールも強化されているようだね」

物々しい雰囲気で巡回する捜査官二人の背後をコソコソついて回りながら木山が説明する。

「オカルト好きな奴って、部屋に籠《こも》って本読んでるイメージだったけどなぁ」

木山と三晃の後に続きながらヒデが素直に感想を述べた。

「もちろん文献も調べるけどね。こういうのは直接目で見て感じてこそってところがあるじゃないか」

無口な三晃も同意するようにこくりとうなずく。ヒデは彼女の手帳をチラリと覗きこんだ。彼女の手帳にびっしり書かれていた学生の名前は半分近く斜線が引かれてる。食事を摂っているシーンが目撃されれば、〝喰種《グール》〟ではないと判断され消されるのだ。

「なーなー、いい加減カネキも消してやってくれよ」

「金木君が食事してるのを見れば消すけども、もうすぐオカ研の報告会があるから現状維持で行きたいね。研究対象が少なくなったら困るんだよ」

どうやら彼らは、リストアップされた学生達が本当に〝喰種《グール》〟だとは思ってないらしい。言葉は悪いが、報告会で提出するレポートを書くべく、〝喰種《グール》〟をでっち上げているのだ。巻きこまれる側はたまらないな、とヒデは思う。

「そうだ永近君もオフ会に参加するよね？」

ヒデは首を傾《かし》げ、「俺も参加していいの？」と尋ねた。

「オフ会は自由参加さ！　喰種《グール》研究の集大成、ぜひ見てくれよ！」

息巻く木山。ヒデは「だったらしっかり見届けるぜ！」と同じテンションで返す。だけど二人が背を見せた途端、ため息が出た。

ヒデの視界に入りこむ三晃の手帳。結局、オフ会当日までカネキの名前が消えることはなかった。

金曜日の十八時。オカ研のオフ会兼報告会は繁華街の居酒屋で行われた。

「学生だけじゃないんだな」

貸し切られた座敷の中には、様々な年齢の男女がひしめいている。ただ、人は多いが、研究発表までこぎつけたのは五組だけのようだ。木山達の発表はラストの五番手。順番がくると、集まった人々にレジュメを配り、研究成果を発表していく。

木山達の発表は〝喰種《グール》〟の核心に迫る内容ではなかったが、人前で食事を摂らない人間は案外多く、〝喰種《グール》〟が人間社会に混じっていたとしても気づくことは難しいだろう、日常に潜む悪をどうやって見つけ出すのか、人としての真価が試されているという問題提起で締めくくられた。周囲の拍手から察するに、できはまずまずといったところか。

発表を終え、報告会は交流会へと移行する。一気に賑わい酒も入り出した。どちらかといえば、こうやって騒ぐ方がメインなのかもしれない。

「あー、これで終わりかー」

次のテーマも発表され、〝喰種《グール》〟の話はこれでお終《しま》い。肩の荷が下りたヒデは安堵し、ツマミに手を伸ばす。そして、木山と三晃はつき合ってんの？　と、下世話な詮索を始めようとした時だった。

「ドーモ。君達の研究、面白かったね」

ビールを手にした二十代前半の男が現れ、自分達の傍に腰かけたのだ。

「えっと？」

疑問符を浮かべたヒデに、男は、

「ネットでは〝Cain〟と名乗ってんだ。『カイン』って呼んで」

と答えた。

「あのカインさんですかっ！」

すると、木山が驚き腰を浮かせる。

「え、なに？　有名人？」

「オカ研に新星のごとく現れたオカルト研究家さ！　戦時中使われていた防空壕から響く

謎の泣き声究明や、樹海のリアルレポート。“喰種《グール》”だと、患者が喰い殺された大病院の病室特定。どんな心霊スポットでも、曰《いわ》くつきの廃墟でも、恐れることなく侵入して噂の検証、実況をしているすごい人なんだよ！」

息巻く木山の隣で三晃も大きくうなずいている。

「や、俺の話なんかより、今日は君達が主役だろ。研究発表、面白かったよ」

カインは木山達が作ったレジュメをこちらに向けて微笑んだ。

「俺はこの、数か月前までは友人と食事を摂っていたのに、この一か月はまったく食べる姿を見せたことがない青年、というのが気になったな」

「えっ」

カインの言葉にヒデは目を丸くする。彼が注目したのは、カネキのことだったからだ。

「いやいや、フッツーの人間ッス、そいつ」

笑いながらヒラヒラ手を振って否定すると、

「どうしてそう明言できるの？」と問われた。

「だってそれ、俺のダチですもん。小学校からのつき合いですし」

「ああ、この証言者である友人って君なワケね。友達はなんていうの？」

「金木研ですけど」

「ふーん……。確かに名前はフツーなカンジだね」

しかし、カインは「でもさ」と続ける。

「こういうのって考えられない？　……実は後天性の〝喰種《グール》〟とかね」

その言葉に、ヒデの心がざわついた。

「後天性の〝喰種《グール》〟っ？　新しいですね！」

木山は嬉々としてカインの話に乗る。ヒデは気をとりなおしたように、「ないない」と更に大きく手を振った。それを見たカインは物憂《ものう》げにため息をつく。

「ロマンがないなぁ。想像を構築して様々な仮説を立てるのがオカルトの醍醐味《だいごみ》の一つじゃないか。ま、友達が〝喰種《グール》〟扱いされたら気分良くないのはわかるけどね。そこは、友達の〝喰種《グール》〟疑惑を晴らすために徹底調査しましょうじゃない？　……〝オカ研〟ならさ」

カインは挑戦的な目でヒデを見つめる。

「徹底調査、ッスか？」

「そ。みんなで彼のこと、徹底的にマークするんだよ」

話があらぬ方向へと進み出した。しかし木山達はカインと行動できるのがよっぽど嬉しいのか、有無を言わせず「ぜひ！」と声を上げる。

こうなると傍観者ではいられない。

「わかりましたよ！　カネキの〝喰種《グール》〟疑惑、晴らしてみせますから！」

翌日、土曜の朝七時。カネキの自宅近くに、ヒデと木山、三晃、カインの四人が集まった。

「カインさん、超眠いんすけど……」

せっかくの休日なのに、早起きしなければならないなんて。あくびをこらえながらヒデがぼやく。

「こうやって地道に調査しないと取りこぼしがあるから。友達のためだ、頑張りな」

「……カインさんはなんでそんなに熱心なんすか？」

ヒデの疑問にカインは腕を組み、

「んー、そうだね。面白いからってのもあるけど、謎解きで、小さな積み重ねに結果がついてくる感触がたまらないんだ。オカルトに限ったことじゃないけど、パズルを完成させるような達成感がね、すごく好きなんだよ」

「へぇー」

木山もそうだがカインも楽しげにオカルトについて語る。自分が惚れこんだ趣味があるということは幸せなことなのかもしれない。

「あ、ちょっと待って」

そこでカインが声を潜めた。どうしたのだろうと思っていると、カネキが家から出て来たようだ。三晃が素早く手帳を開く。

「バイト先、『あんていく』に向かっているのではないかと思います」

「え、なに、三晃さん、カネキのバイト先まで調べてんのかよ!?」

「当然です」

「永近君、僕らの行動力を舐《な》めてもらったら困るよ!」

木山が誇らしげに眼鏡を持ち上げた。

もしかするとカネキのバイト先に出没していた不審者とは彼らのことだったのではないだろうか。ありえる話だ。

「よし、じゃあ、その喫茶店まで後を尾《つ》けよう。なんだか彼は臭《にお》うんだよね……」

こちらのやりとりは気にもせず、カインが先導するようにして歩き出す。

――カネキの後尾けるなんて、変な気分だな。

自分がカネキに見つかった場合、尾行が一発でバレるので、カイン達の影に隠れるように行動しながらヒデはガリガリと頭を掻いた。

それから、カインによるカネキ徹底調査が始まった。彼は休日はもちろん、平日の大学講義中まで忍びこんで来る。何食わぬ顔でカネキと同じ授業を受けるカインを見てヒデの顔は引きつった。木山や三晃達はその情熱に感動しているようだが。

「ホントに食事摂ってる気配がないんだよねー。まさかのビンゴだったりするかもよ」

カインは大学のカフェテラスで、部外者だなんて様子は微塵《みじん》も見せず、堂々と椅子に腰かけ報告してくる。

〝喰種《グール》〟発見となればオカ研の快挙だ。しかも謝礼金がたっぷりついてくる。

「ないない……」

そんななか、一人ヒデは反論していた。

「あいつとは小学校からのつき合いなんスよ？　大学に入ってからも、よく二人でビッグガールのハンバーグ食ってたし！」

「でも、それも最近ではめっきりない、だろ？」

余裕の表情を浮かべるカインに、「あいつ、ちょっと前まで入院してたから、まだ本調子じゃないんすよ」と懸命に訴えた。

「まーまー、落ち着きなって。俺も、いくらなんでも二十四時間張りこんでるワケじゃないから、見落としがある可能性もある。特に、〝喰種《グール》〟が最も活動的になるといわれる深夜帯の調査が不十分だ」

カインが言う通り、〝喰種《グール》〟事件の犯行時刻は夜間が多い。

「明日、カネキ君は遅くまでバイトみたいだから、張りこんでみようと思うよ。もしかしたら、決定的な瞬間が見えるかもしれない」

それに、いつも無口だった三晃が、「私も参加してみたいです」とおずおず手を上げた。

「僕もです！　僕もぜひ！」

当然、木山も後に続く。

「でも、危ないかもしれないよ。やめた方がいいんじゃない？」

カインは二人を気遣うように眉尻を下げながら言った。二人は「大丈夫です」と、しっかりうなずく。

「永近君はどうする？」

無理はしなくていいよ、とカインが困ったように聞いてくる。それにヒデは拳を握った。

「俺も参加します。カネキは〝喰種《グール》〟じゃないっスもん。危ないことなんかなんにもねェ」

ヒデの言葉にカインはどこかハッとした様子で、「そうだね」とうなずいた。

「じゃあ、明日の二十時頃、『あんていく』前に集合しよう」

——やだな。

ここにきて、ヒデの中でざわざわと騒ぐものがある。

俗にいう、『嫌な予感』。

ヒデはこの手の勘に、悲しいほど自信があった。

四

深夜尾行、当日。大学の講義を終え、いったん家に戻ったヒデは、寝転がったり起きあがったりを繰り返していた。胸のざわつきは集合時間が近づくごとに大きくなり、一人でいるのが辛くなってくる。

「……外出よ」

少し早めに家を出れば、夜の匂いを含んだ冷たい風が肌をすり抜け、また空へと上っていった。

西の方角に茜色《あかねいろ》をまだ少し残した空をぼんやり眺め、ヒデは昔のことを思い出す。

自分的には大成功だった学芸会、ロケット花火を飛ばして近所のおばさんにうるさいと怒鳴られた夏の夜、大学の合格祝いでたらふく食べたビッグガールのハンバーグ。

そこには必ずといっていいほどカネキの姿がある。カネキもきっとそうだろう。

そこでまた風が吹き抜ける。ブルリと震えた体をさすり、ふと目についたのは自動販売機だった。

ヒデは販売機の前に立つと、ＨＯＴの欄を眺める。なかには最近カネキが好んで購入する缶コーヒーがあった。無糖ブラック。自分には合わない苦さであることは知っている。

それを買ったヒデは、冷えた肌を温めるように両手で握りしめたあと、カイロ代わりにジャケットのポケットの中につっこんだ。

「……ん？」

アテもなく、人の多い方へとさまよい歩き駅前を通りかかった時だった。ふいに陽気な歌声が聞こえ、ヒデは立ち止まる。

見れば広場で路上ミュージシャンが歌っていた。良い歌なのに客は一人もいない。時計を確認するとまだ約束の時間まで二時間ほどある。ヒデは路上ミュージシャンの真っ正面に腰を下ろした。自分より少し年上だろうか。彼はヒデを見ると屈託のない笑みを浮かべ、声量を上げた。

――……神様はそこにいるよ、見失わないで。

最も盛り上がるサビの部分で、彼はそう歌う。神様か、とヒデは小さく呟いた。

「何か悩みでもあんの？」

「えっ」

自分の世界に浸っていたヒデに、突然声が降ってきた。どうやら自分の声が聞こえていたらしい。歌い終えたミュージシャンの質問に、ヒデはバッと顔を上げる。

「あ、す、すみません。いや……良い歌だなーって」

慌てて拍手をしたが、自分の何気ない一言で心中を察してくれるような人に取り繕っても無駄かもしれない。ヒデの口から、今まで一人でためこんでいた不安が零れ落ちた。

「いや、なんつーか、ダチが大変そうだから力になりたいんだけど、たいしたことできなくて。なんっか、上手《うま》くいかないんすよねぇ。神様いるなら助けて欲しいっすよ」

結局自分の空回り。オカ研のことだって、自分が上手く立ち回れなかったせいで話が大きくなった気がする。

ミュージシャンは「そっかー」と頷いてから、しばらく黙りこんだ後、また口を開いた。

「でもさ、別に、いいんじゃないの？　でっかいことしようとしなくても」

「え？」

「そりゃ、助け合えたらそれに越したことないんやろうけど、友達と一緒にいる理由ってそうじゃなくない？　シンプルにさ、一緒にいるのが楽しいから一緒にいるわけじゃん」

どこか地方から上京して来たのだろうか。少し訛《なま》りのある言葉で彼は語る。

「友達がいてくれるだけで安心できることってあると思うし、それに勝るものってないと思うな」

見ず知らずの人に励まされてしまった。しかしその言葉はヒデの心に不思議と溶けこんだ。ヒデは「そっすよね」と確認するように頷く。

「なんか元気出てきました！　俺ちょっとナイーブになってたのかも！」

ヒデはグンと立ち上がった。

「あ、お礼」

財布を覗くが、彼は「お金はいらないよ」と遠慮する。しかしそれでは気が済まない。

何かないかアワアワしていると、ポケットの中に突っこんでいた缶コーヒーに気がついた。

「すみません、こんなもんしかないんですけど！」

だいぶぬるくなった缶コーヒー。だけどミュージシャンは目を輝かせる。

「うっわ、マジで！　金はいいって言ったけど、ここ数日ろくに飯食ってなかったんだ、すっげー助かる！」

彼はそれを受け取り、「神様や」と笑った。ヒデは「そんなたいそうなもんじゃないって！」と笑い返す。

ありがとうございましたと深々頭を下げたヒデは、前を見据えて走り出した。

「ええと、あれは……どこで買えるっけな……」
路上ミュージシャンと別れた後、ヒデはディスカウントストアに入った。脳裏にあるのは、カネキと共に花火をした思い出。ヒデは季節外れのロケット花火とライターを購入し、今度はコンビニに向かう。

「あれ、永近君じゃないか！」

そこには偶然、立ち読みをしている木山がいた。

「おー、時間潰してんの？」

「じっとしてられなくてね！　永近君もかい？」

「まーな」

ヒデはそのままコンビニの奥へと進む。まずはおにぎりを一つ買い、今度は別の棚に。

「え、なんでそんなのを買うんだい？」

立ち読みをやめ、レジに並ぶヒデに歩み寄った木山が首を傾げる。ヒデは手の中にある商品を揉《も》むようにして持ちながら、

「なんか欲しくなったから」

とだけ答えた。


待ち合わせの「あんていく」前に行くと、そこには既にカインと三晃がいた。カインはこちらに気づくと軽く手を振り、店の中を覗くように目を細める。

「カネキ君の仕事は、まだ終わらないらしいよ。とりあえず、この近辺を探索しておこうか。土地勘がないと見失う可能性もあるしね」

「あんていく」周辺には、人気《ひとけ》のない路地が沢山ある。夜になるとその不気味さがよりいっそう増し、ちょっとしたお化け屋敷だ。

自分達はカインの後に続き、夜の道を進み始めた。

「カインさん、な、なにか出て来そうですね」

木山は完全に臆《おく》した様子で落ち着きなく周囲を見渡している。三晃の視線もせわしない。

「ん……。俺も結構廃墟とか巡るけどさ。なんかゾワゾワするよ、今日は」

あまり奥深いところまで行かない方がいいかもしれない。そう呟くカインの声に、カサカサ、という音が重なった。

「ひっ、な、なんだ⁉」

すくみ上がった木山がこちらを振り返る。しかし、原因はヒデがおにぎりの封を破った音。

「あ、悪ぃ。腹減って」

「なんだもう、呑気《のんき》だなぁ、永近君はっ」

ヒデはおにぎりを一口ぱくりと食べる。

「ははは、肝が据わってるよ」

「腹が減っては戦はできないっていいますからね！　それよりカインさん、あんま奥まで行かない方がいいんじゃないっすか。マジモンの〝喰種《グール》〟出て来るかも知んないし……」

「実はヒデ君もビビッてる？」

「そりゃー、ビビリますよ！　この辺、地元民でも迷いますし……」

「あー、そうなんだ。だったら戻った方がいいかな」

ここにきてようやく、カインが店に戻り出した。木山達もやっと戻れると安堵の表情を受かべている。

しかし、随分深い路地まで入りこんだせいだろう。案の定迷ってしまった。

「あああ、また行き止まりですね、カインさん……」

気づけば狭い袋小路、みんな立ち止まり天を仰ぐ。

「あちゃー、迷ったか。ごめん、待ってて。道を確認するから」

カインはそう言い、スマホを弄《いじ》り始めた。

街灯から遠く薄暗いこの場所。取り囲むビルに灯りはついておらず、周囲に人の気配はない。

木山は眼鏡のフレームを弄りながら思わず呟いた。

「ホントに、〝喰種《グール》〟が出て来そうな雰囲気ですね」

その言葉が、おそらくはきっかけ。

突如ヒデの肌が粟立ち、息が詰まるような圧迫感を感じる。これはなんだ。そう思うよりも早く事は動き出した。

「そうさ、これが絶好の〝狩り場〟だよっ!」

狭い袋小路に響き渡った声。言葉が終わると同時に、隣に立っていた木山の体が消えた。

「ぎゃっ!」

いや、消えたのではない。木山の体は後方の壁まで吹っ飛ばされ、勢いのまま叩きつけられたのだ。振り返った時には、滑り落ちるようにしてコンクリートの上に倒れていた。

「木山君！」

三晃は木山の元に駆け寄り彼の体を揺する。それを視界の端で捉えながら、ヒデは見た。

——血のように赤い瞳を。

それはもはや人ではない。

「小さなピースの積み重ねが結果を生む、今……俺の夕食《パズル》が完成したッ！」

そこには恍惚《こうこつ》の笑みを浮かべ、尻尾のようなものを左右に振るカインがいた。

「ヒデ君、俺もだよ、俺もだったんだよ。俺も〝喰種《グール》〟なんだよ！　ほらみて、その目に焼きつけるんだ！　君が最後に見る世界を！」

風が唸るような音と共に、カインの背後に揺らめいていた尾っぽが勢い良く伸びた。それは、ヒデの頬を僅《わず》かに掠《かす》め、壁にぶち当たる。尾っぽの勢いに負けた壁は穴が空《あ》き、小石が飛んで砂塵《さじん》が舞った。

「怖いだろ、なぁ、怖いだろ⁉　震えろ、泣け、怯えろ、ほら、ほら、ほら、ほら‼」

尾っぽがまるで巨大な恐竜の尻尾《しっぽ》のようにうねり、コンクリートを打つ。そのたびに衝撃音が響き、肌を突き刺すようだった。それを見た三晃が木山の胸に覆い被さるようにして倒れる。

「大丈夫、まだ殺さないから、パズルは崩す瞬間もたまらないんだ……！　じっくり味わってからでないともったいないよ……！」

そしてカインの尾っぽが鎌首《かまくび》をもたげ、こちらに狙いを定めたその時だった。

「おいおい、おかしいだろヒデ君」

ヒデが踵《きびす》を返し、全速力で走り出したのだ。木山と、三晃を置いて。

「違うだろヒデ君。君はみんなを放って逃げるタイプじゃないだろ！」

カインは予想と違うとでも言わんばかりに声を荒らげ、こちらに向かって駆けて来る。

ヒデは一瞬だけ背後を振り返った。そこには赤い目をぎらつかせ、ぐんぐん近づくカインの姿。

「やっべぇ、やっべぇ、やっべぇ、やっべぇっ！」

後はもう正面を向いて、土地勘をフル活用し、右に左にがむしゃらに走った。

「……逃げれると思ってんのかよ永近ァァ――ッ！」

しかし相手は〝喰種《グール》〟。カインは地面を踏みつけ跳躍すると、一気にヒデとの距離を詰める。そして尻尾のようなそれ、――〝喰種《グール》〟の特殊能力である赫子《かぐね》の一つ、尾赫《びかく》がヒデの体を打つ。

「……っ！」

鈍器で殴られたかのような衝撃が走り、ヒデは地面に叩きつけられた。

「いってぇ……。……っ！」

ヒデが痛みを堪《こら》え、目を開いた時には、自分の体に跨《また》がり、見下ろすカインがいた。

先ほどまでご機嫌だった彼が、表情を消し、尾赫《びかく》をびゅんびゅん鳴らしながら問うてくる。

「……俺が……〝喰種《グール》〟だっていつ気づいた？」

ヒデは即座に答えた。

「んなもん、ついさっきだよ」

「いいや違う。大体人間ってのは〝喰種《グール》〟を見た途端ビビって腰抜かすもんだ。逃げる奴もいるがお前みたいなただの大学生が、あんなに真っ直ぐ走れるはずがない。どこかで予想してたんだろう」

――例えば。

どうして、三晃が『カネキは「あんていく」でバイトをしている』と話した時、カインはバイト先が『喫茶店』であることを知っていたのだろうとか。

どうして、廃墟や心霊スポットに平然と潜入できる男が、〝喰種《グール》〟が最も活発になる深夜帯の観察をまったくしていなかったのだろうとか。

言い出せばキリがない。小さな違和感はヒデの中に積もっていた。

「……俺を買いかぶりすぎだって。ビビって逃げただけ。今だって、信じらんねー」

だけどヒデはそう答えた。実際、悪い夢であればいいと、この期《ご》に及んで思っているから。

「お前が逃げたせいでタイムロスした。本当はいたぶり喰い殺したかったが、20区外の〝喰種《グール》〟である俺が喰場《くいば》を荒らしている姿を見られたらマズイ」

カインはチッと舌を鳴らす。

「あっちは持って帰るとして……お前はここで喰わせてもらうよ。ようやく食事の時間だ」

カインの言葉にヒデは顔を背ける。

「……お手柔らかにお願いします」

どこか間抜けなご相談だった。まさかそんな懇願をされるとは思っていなかったのだろう。カインはハッと鼻で笑い、舌なめずりをする。

「……なんだそれ。……ま、面白かったよ、お前。じゃあな」

彼はそう言って、口を大きく開き、ヒデにゆっくりと近づいた。ヒデはジャケットの中に手を突っこむ。

後は咀嚼されて終わり。こうやって多くの人々が〝喰種《グール》〟に喰われてしまうのだろう。

ヒデの顔にカインの吐息がかかる。――その時だった。

「っりゃああ――ッ!!」

ヒデはジャケットの中から手を抜き出すと、密かに握りしめていたものをカインの口の中へ押しこんだ。

「なっ――……」

突然の反撃にカインは身を引くと同時に、口内の異物に気がつき嘔吐《おうと》する。

「ウオエッ！　お前、何を……！」

口の中を指で掻きむしるようにして吐き出したそれは、ヒデがコンビニで買ったおにぎりだった。

「〝喰種《グール》〟は人間の食事が食べれないんだろ……、ここんところ、ずーっとそればっかり聞いてたんだよ！」

ヒデは転がるようにしてカインから二メートルほど距離を空《あ》けると、カバンの中からライターとロケット花火の束を取り出す。

「次は……コイツだ！」

ヒデはロケット花火に一気に着火した。

「行っけえええ!!」

カイン目がけて飛ばした花火達は、けたたましい音をたてながらカインのすぐ傍を掠めるように飛び、破裂する。大量のロケット花火と爆音に気を取られたカインは、一瞬動きを止めた。

ヒデは一気に走り出す。

手を突っこんだジャケットのポケット、取り出したのは、コンビニでおにぎりと共に購入した品。ヒデはその封を引きちぎった。

「な、お前……ガフッ……ッ！」

それをカインの口に押しこみ、中身が全部入るように、素早く絞り出す。

「旨いん、だけどな……！」

ヒデはカインの口をふさぎながら、顎《あご》をグッと持ち上げた。たまらず、カインの喉が上下する。

――通った。

「……ウオエエエ！　なんだ、なんだこれはぁ――ッ!!　喉にへばりついて……っ、取れな……、吐き出せない……っ」

ヒデはのたうち回るカインに、空になったパックを見せる。

「……ミートソース……！　挽肉《ひきにく》とか、トマトとか、いろんなモンが混じって、しかもペースト状になってるから」

おにぎりのような固形物とは違い、簡単に吐き出すことはできない。

カインは悲鳴を上げながら喉を掻きむしっている。力を誇示するようにうねっていた尾《び》赫《かく》は消え去り、赤い瞳だけがかろうじて維持されていた。

「てめ、殺ス……殺ス……っ、殺してやるうううう!!」

怒りに支配されたカインがヒデを睨みつけ拳を握る。

しかし襲いかかるよりも早く、この空間に割って入る声が聞こえた。

「一体なんの騒ぎだ！」

細い路地の向こう側、駆けて来る男の二人連れ。それを見て、カインがさっと青ざめた。

彼らの右手にはアタッシュケース。

「……ここ、捜査官の巡回ルートみたいだぜ」

木山や三晃と共に20区の喰種《グール》捜査官をつけ回したヒデ。カインには闇雲《やみくも》に走っているように見えただろうが、その巡回ルートを目指して走っていたのだ。そして、異変に気づいてもらうべく、ロケット花火を飛ばした。一か八かの賭けではあったけど。

男達はカインを見るなりその表情を険しくして叫ぶ。

「……！　赤い目……『赫眼《かくがん》』です!!」

「〝喰種《グール》〟だ、駆逐する！」

ヒデに対峙《たいじ》していた時とは違い、カインは恐怖に震え上がった。

「ひ、やめてくれ、やめてく……っ」

そんなカインの体をアタッシュケースから飛び出した何かが貫く。

「ぎゃああああ――ッ！」

呆気《あっけ》ないにもほどがある幕切れ。

カインは断末魔の悲鳴を上げ、すぐに動かなくなった。

喰種《グール》捜査官は注意深くカインに近寄り様子を窺う。

「死にました」

「……随分弱い〝喰種《グール》〟だったが、まさか臨時で派遣されてすぐ〝喰種《グール》〟に出会うとはな。おい東条《とうじょう》、20区の〔CCG〕支部に連絡を。っと、そうだ、襲われていた青年が。大丈夫だったかい、君……」

捜査官達は周囲を見渡す。

しかしそこには彼ら以外誰もいなかった。


「……ミートソースの、スパゲティ」

捜査官が駆けつけるなり、現場から離れたヒデ。脳裏に浮かぶのはカネキの姿。

退院後、快気祝いで訪れた「ビッグガール」で、あれだけ愛してやまなかったハンバーグをカネキは吐いた。それに、つい先ほどのカインの姿が重なる。

だけど思考を分断するかのように、暗闇の中、影が落ちた気がした。ヒデは足を止め、空を見上げる。

「………⁉」

舞い落ちてくるのは人の形。

それが何か確認する間もなく、脳天に衝撃が走る。

「ありがとう」

微かに聞こえたのは感謝の声。ヒデの記憶はそこで途切れた。

「……永近君、永近君」

闇の奥底まで引きずりこまれた意識。それを醒ます声がする。瞼《まぶた》を開けようとしたが、こめかみのあたりがズキリと痛んだ。

「大丈夫かい、永近君っ」

また声が聞こえる。ヒデはなんとか瞼を開き、声の方を見た。

「ああ、よかった！　わかるかい、木山だよ！」

「木山……？」

未だ霞《かすみ》がかかった状態で、ヒデは上体を起こしブンブン首を振る。もう一度声がする方に焦点を合わせれば、木山と、その後ろに三晃の姿があった。

「あ、れ……？　どゆこと？」

ヒデは状況が把握できずに尋ねる。

「それが僕らもわからないんだ」

「は？」

「気がついたら、ここにいたんだよ」

ここがどこかわからず視線を彷徨《さまよ》わせれば、自分は芝生の上に座っており、見覚えのある建物が近くに見えた。

「大学？」

「そうなんだ。気がついたら、大学にいたんだよ」

ヒデは額を押さえ記憶を遡《さかのぼ》ろうとする。しかし上手《うま》く思い出せない。

「カインさんはどこに行ったんだろう。訳がわからないよ」

だけどその名にびくりと体が跳ねた。木山は何が起きたのか把握していないようだ。

三晃をチラリと見るも、彼女は顔を伏せたまま何も言わない。木山の憧れていたカインが〝喰種《グール》〟だっただなんて言いたくないのだろうか。それとも、彼女もショックで記憶が飛んでいるのだろうか。

「……なんっかよくわかんねーけど」

ヒデは手の甲で鼻を擦《こす》る。ふわりと漂ったのはミートソースの香り。ヒデはその体勢のまましばらくじっとしていたが、やがて両手を芝生につき、言った。

「最っ高にオカルトチックではあったわな」

五

「あんていく」傍《そば》で倒れたはずの自分達が、気づけば大学の敷地内で寝ていた不可解な現象から数日が経った。

これが有名な夢オチってやつじゃねーのと素直な意見を述べるヒデに対して、木山はこれぞ超常現象と騒いでいる。

「……生きてりゃいろんなことあるもんだなぁ……」

しみじみそう語るヒデに、東洋史の授業後、隣で一緒に授業を受けていたカネキが、「どうしたの、急に」と首を傾げた。ヒデは「なんでもねー」と答えてから腹を押さえる。そろそろ昼食時。腹が空《す》いてきた。

結局あれがなんだったのか理解していないが、夢にしろなんにしろ頑張ったのだ。そんな自分を労《ねぎら》いたい。ならば、「ビッグガール」のハンバーグが良いだろう。なんといってもあの場所は――。

「えっと、約束の地……」

確か「カ」で始まっていたはず。

ヒデは、「か、か……」と言葉を思い出すべく繰り返す。カネキは、また忘れたのかと言わんばかりの表情で、続きを待っていた。

「か、か、か……」

しかし思い出したのはビッグガールをたとえる言葉ではない。

「……カイン……」

結局、夢と割り切るには、あまりにもリアルで生臭い出来事。遠い存在だったはずの〝喰種《グール》〟が目の前にいた光景。

カネキのことだから「間違っている」と呆れて注意してくるだろう。そして、どこか嬉しそうに『約束の地』について説明を始めるはずだ。

「ん?」

だけど隣に座るカネキはポカンと自分を見ていた。

「カネキ?」

「ヒデ、聖書か何か読んだの?」

「は？　なんで？」

「約束の地はカナンだけど、カインはカインとアベルのカインじゃないの？　どっちも聖書に出てくるだろ」

それに今度はヒデがポカンとする番だった。反応を見て、なんだ違うのかとカネキが息を吐く。

「え、なに、カインって聖書の登場人物なの？」

「漫画じゃないんだから登場人物とか言うなよ。アダムとイブの息子カイン。誰からも愛されていた弟のアベルに嫉妬し、殺《あや》めた男さ。その後、エデンの東に追放されてしまうんだよ」

そこまで言ってカネキは押し黙る。

「カネキ？」

「……昔はカインを悪と捉えてたんだけど。いや、今もね、『悪』だってことはわかるんだけどさ。カインにしてみれば、もう、そうすることでしか生きていく手段がなかったのかな、と思うと、なんだかやりきれないよね……」

カネキは自分自身に向けて言葉を紡《つむ》いでいるようだった。

「でもそんな理由も、神の作る法の前では無意味なんだよね」

オカルトに造形が深かったカインは、この逸話も知っていたのだろうか。もしかすると、それから名前を取ったのだろうか。

しかし、考えこむ前にやめる。考えたところで答えの出ない話だ。

「なんだよ、暗くなってねーか。しゃーないな、俺の菓子分けてやるよ！」

ヒデは気持ちを切り替え、カバンの中から大量のスナック菓子を取り出した。

「え、いらないよ！」

「遠慮はすんなって！　ほら、カバンに入れとけ。好きな時に食べたらいいし」

ヒデはカネキの言葉を聞かず、カバンの中に押しこんでいく。

「ちょ、パンパンなんだけど！」

「いーから、いーから！　あ、それよりもさ、この前話したイギリス史の教授！　増毛ハンパなくフサってるから見に行こうぜ！　この時間、図書館いるから。マジすげぇの、プードル五匹分みたいな」

ヒデはカネキを引っ張るようにして立ち上がった。

「もういいじゃないか、ほっといてあげなよ、教授だって人間なんだよ……」

困惑したまま立ち上がったカネキの後ろに回り、ヒデは彼のカバンを押すようにして走り出す。

「ヒデ、ちょっとっ！」

こちらを振り返りながらカネキが喚《わめ》くがしばらく聞かず、教室を出たところで、ようやく彼のカバンから手を離した。

「って、え、うわっ！」

すると、チャックがきちんとしまってなかったカバンから、文房具や参考書、カネキの愛読書に、ヒデが詰めこんだ菓子が飛び散る。周囲の視線が一手に集まった。

「あ、悪《わり》ぃ、悪ぃ！」

床に落ちた荷物をヒデは拾い上げ、カネキに謝る。カネキは「なにしてんだよ」と言いながら、それらを全部カバンにしまって、今度は自分の手でしっかりチャックを閉めた。

「いや、いっつもこんくらいの時間、あいつら通るから」

「はぁ？」

「こっちの話！　よし、じゃあ、行こうぜ！」

「いや、だから僕、そんなに興味ないんだけど！」


「…………」

二人が駆け去った廊下で、足を止める者が二人。

「……なんだ金木君、やっぱり食事摂ってるんだ」

カネキのカバンから出て来た大量の菓子を目撃した木山がそう呟く。隣にいた三晃もこくりと頷いた。

あれは彼が普段食事を摂っている物証といっていいだろう。

「まぁ、僕は初めから金木君は〝喰種《グール》〟じゃないと思ってたけどね！　この上井大学に、そんな恐ろしいバケモノが紛れこんでいるはずがないよ」

眼鏡を持ち上げそう言った木山に三晃がまたこくりとうなずく。
そして彼女は手帳を取り出し、最後まで残っていた「金木研」の名前を消した。

#002 ［弁当］

東京［日々］喰種

T O K Y O G H O U L

一

細い細い綱の上、ゆらりゆらりと揺れながら、終わりの見えない綱渡り。

「あんていく」店長、芳村《よしむら》から不審者の情報を聞かされたのは、喰種《グール》捜査官、真戸《まど》との激戦を終えてほどない頃だった。

トーカは作業の手を休め芳村に問いかける。

「不審者って……捜査官ですか？　それとも〝喰種《グール》〟？　人間？」

「ハッキリとはわからないんだけど、妙な視線を感じることが多くてね。ひとまず頭に入れておいてもらえるかな？」

わからないとは言っているが、芳村の場合、その相手が本当につかめていないのか、実際はつかんでいるがあえて黙っているのか、判別がつかない。

わかっていることといえば、話をすませ店の奥に消えた店長から、これ以上の情報は与えられないだろうということだ。

「……不審者……。ヒデにはしばらくは来ないように言った方がいいかな」

同じように話を聞いたカネキは、たびたび「あんていく」に足を運ぶ友人、ヒデを心配しているらしい。

トーカは「知るか」と即答した。カネキがあからさまに落胆した表情を浮かべたが、どうでもいい。トーカは顔をそらし無視を決めこむ。

「不審者の話をして、かえってヒデが興味を持ったら怖いし、でも、何も言わずにいたせいで事件に巻きこまれたら取り返しがつかないし……」

カネキはトーカの隣でウダウダと悩み出した。女々《めめ》しい奴。そう思いながらも、それだけあの友人が大事なのだろうかと思いいたる。

その時、トーカの中である人物の姿が過《よぎ》った。

「……店長がああ言ってんだから、しばらく遠ざけとけば?」

カネキの方を見ないまま早口で伝えると、聞き損ねたカネキが「えっ?」と疑問の声を上げた。ちゃんと聞いとけよと心の中で悪態をつきつつ、

「時々あんのよ、こーゆうこと。店長が不審者ってゆーか、不穏な空気ってゆーか、そういうの感じ取って気をつけるように注意してくること。そういう時、大抵面倒くさいことが起きる」

大人しくしてた方がいいんじゃないの、とつけ加えて、トーカはさっさと「あんていく」の業務に戻った。カネキはトーカの言葉を吟味するように考えこんでいる。

「……働けよ！」

「あっ、ごめん！」

——まだいいよ、あんたらは。

客の注文を伝票に書きこみ、猫かぶりの営業スマイルを浮かべながら通常通りを心がけるが、時折、トーカの胸に落ちる影。カップにコーヒーを注ぎながらトーカは一人思い出す。

『そんなことされても嬉しくないよ……っ！』

目にいっぱい涙を浮かべ、そう叫んだ友人の姿を。

二

ことの発端は一週間前に遡《さかのぼ》る。

「ねぇ、トーカちゃん、今度の祝日、どこか出かけない？」

清巳《きよみ》高等学校、普通科所属の二年生、霧嶋董香《きりしまとうか》。それが人間社会におけるトーカのポジションだ。

人と同じように朝起きて、人と同じように通学し、人と同じように勉強する。

人間社会では当たり前だが、〝喰種《グール》〟でいうなら変わり者。

人間にとって忌《い》むべき存在である自分達は、素性がバレればあっという間に居場所を失う。

神経を張り巡らせ、慎重に、慎重に行動しなければいけない日常のなか、暖かな春の風のように自分を励ましてくれるのは友人である小坂依子《こさかよりこ》の存在だった。

そんな彼女が、机を挟んだ向かい側で、弁当袋を取り出しながら、遊びに行かないかと誘ってきたのだ。

「どーしたの、急に」

「あのね、急に思いついたの！」

机に肘を置き、「なにそれ」と頬杖をつきながら聞くと依子は、

「トーカちゃん、いつもバイト頑張ってるから、たまには気分転換した方がいいんじゃないかなって……」

と言う。トーカは手の平に押し当てていた顎《あご》を上げた。そういえばここ最近、何かにつけて彼女に心配されていたのだ。

ただそれは、トーカにとっては見たくもない現実を突きつけられているような気分にもなる。彼女が自分を心配するようになったのは、あの真戸戦後。いうなれば、自分はあの戦いを引きずっているということになる。

——あんな奴、死んで当然だったんだ。

そう切り捨てようとするたびに、あの男の手袋の下、指に馴染《なじ》んだ結婚指輪が蘇《よみがえ》る。あの男にも家族がいたのかと。

「……やっぱり、どっか行こう！　ね？」

依子が声を上げる。

「え」

「どこか行きたいところない？　水族館とか、遊園地とか……！」

依子の必死な姿にトーカは自分の顔を押さえた。また顔に出ていたのだろうか。

「いや別に、ないけど……」

曖昧に言葉を濁すトーカに対し、依子は何かに気づいたように「あっ」と声を上げて、

「……祝日は、デートとかあるのかな？」

と言った。彼女は自分とカネキがつき合っていると勘違いしているのだ。

「ハァ⁉　違うって！」

トーカは机を叩くようにして立ち上がる。

「アイツはそんなのじゃないから！　わかった、行く行く！　行けばいいんでしょ！」

「でも……」

「いいから！　どこに行くか決めよ！」

トーカは自分の黒髪をぐしゃぐしゃと掻《か》いて、視線を彷徨《さまよ》わせる。そこで携帯につけていた、Zakku-cシリーズのウサギのストラップが目に入った。

「……動物園」

「え？」

「動物園でいいだろ」

主に館内を移動する水族館や、アトラクションに拘束される遊園地よりも、外を歩いて動物を見るだけの動物園の方が、万が一の事態に対応しやすい気がする。

「動物園……すっごくいいね！」

「そーでしょ」

「うん！　動物の赤ちゃんとかも見られるだろうし……、広場もあるから、そこでお弁当食べよう！」

「え」

「大丈夫！　私が作ってくるから！」

依子は俄然やる気だ。トーカは顔を引きつらせる他ない。なんだかとんでもないことになってしまった。

――……トイレの場所確認しとかないと。

「待ち合わせは駅にしようか！　集合は何時がいい？　動物園入場料いくらだっけ……。あっ、トーカちゃん見たい動物あるっ？　お弁当のリクエストもあったら言って！」

トーカの不安を余所《よそ》に、依子は嬉しそうだ。まくし立てるように尋ねてくる彼女に圧倒され、体が引ける。

なぜそんなに楽しそうなのだろう。だけど彼女のはしゃぐ姿に、トーカの表情も自然とほころんでくる。

トーカは彼女の額をパチンとデコピンした。依子は「痛っ」と言って、前のめりになっていた体を引きながらも、やはり嬉しそうに笑う。

「トーカちゃんと動物園。フフ……すごく楽しみだな」

「――へー、こんなのあるんだ」

翌朝、登校するなり、依子に「見て見て！」と渡されたのは彼女がネットでダウンロードしてきた園内マップだった。

依子は、今はあの動物の赤ちゃんがいるらしいとか、あの動物は改修工事のせいで見られないだとか、家で調べてきた情報を報告してくる。

「お父さんが割引券まで印刷してくれたんだよ」

割引券はご丁寧に厚手の紙に印刷されて、本物のチケットのようだった。

「ふーん、凝ってるじゃん」

「お母さんもそう言ってた」

依子はトーカと動物園に行くことを家族にも話しているらしい。

「浮かれてトーカちゃんに迷惑かけないようにねってお母さんに言われちゃったよ。お弁当も作りすぎちゃだめよって。考えてたメニューが気づけば五人分くらいになってたから……」

「五に……っ？」

なんて恐ろしい話だ。

「あれ、動物園行くの？」

依子の言葉に引きつっていると、背後から声が響く。振り返ればクラスの男子が数名、机の上に広げた動物園のマップを覗きこんでいた。

「あー、まーね」

「弁当持って動物園かー。小坂さん料理できんの？」

男子の集団に気後れしているのか、依子は小さな声で「あ、うん……」と頷くことしかできない。会話はそこで終了かと思いきや、その内の一人が、

「小坂、料理上手《うま》いよ。食ったことある」

と、横から口を出すようにして言った。

「マジで？　なんで食ったことあんの？」

「俺ら中学一緒でさ。調理実習の時に。手際が良くて、班の奴らみんな小坂に頼りっきりだったんだぜ。な？」

「そ、そんな、たいしたことないよ」

依子は謙遜しているが、人がそうやって評価してくれるということは、彼女の料理の腕はなかなかのものなのだろう。

それを感じることのできない我が身が憎いが、依子が褒められて自分のことのように嬉しくなった。

「そうだよ、依子は調理師目指してんだから」

しどろもどろになっている依子に代わるようにトーカが言えば、男子達は「もう進路決まってんだ、すげーな」と口々に言う。依子はますます恐縮した。

男子達が立ち去った後、依子は「緊張しちゃった」と胸を押さえる。

「何を緊張する必要あんのよ」

「あんな大勢に一気に話しかけられたら緊張するよー……。トーカちゃんは誰にでもトーカちゃんらしく話せるからすごいよね」

「ただのクラスメイトに緊張する必要なくない？」

「ううん。クラスメイトだけじゃなくて、先生とか、それこそ知らない人にだって、自分の言いたいことをはっきり言えるでしょ？　そういうの、いいな……」

言いながら、なぜか依子は落ちこんでいった。

自分の言いたいことを言うのに、なにをそんなに気にする必要があるのだ。

訳がわからず戸惑ったトーカは、広げたままの園内マップを指さし、

「それより、依子はどれ見たいの？」

と強引に話題を変える。

依子は気を取り直したようにマップをのぞきこみ、指先で動物のイラストを追った。

トーカは気づかなかった。その時、自分達を牽制《けんせい》するように睨みつけていた視線に。

その日の昼食時間のことだ。

いつも通り机を合わせて食べていると、朝、自分達に声をかけてきた男子が再び現れた。

「なぁなぁ、その弁当、小坂の手作り?」

言われた依子はまた固まったため、トーカが、代わりに「そーだけど?」と返す。

「えー、すっげ。なぁ、一個でいいからさ、なんか恵んでくれよ」

頼む、と両手を合わせた彼を見て、依子はなぜかトーカを見た。

「いいんじゃないの、別に」

深く考えずに発言したが、依子はトーカちゃんが言うならと唐揚げを一つ男子生徒に渡す。それを豪快に一口で食べきった彼は、

「うわ、すっげ、美味しい!」

と目を輝かせた。

——……自分にはできない顔だ。

「え、なになに、そんなに旨いの?」

唐揚げを食べた男子の言葉を聞きつけ、他の男子も釣られたようにやって来る。

「ちょっと、依子の弁当がなくなんだろ」

男子達を蹴散らしながら、あんなふうに喜んでもらえたのなら依子も嬉しいだろうと思った。

「……依子?」

しかし、依子は顔を強《こわ》ばらせ、俯《うつむ》いている。

「……どした？」

「あ、ううん。なんでもな……」

「いいなぁ、料理上手って！」

そこに割り入る女の声。声がした方へと視線を向ければ、クラスメイトの女子三人がこちらを見ていた。言葉自体は依子を褒めているが、当てつけのような言い回しにトーカは眉を顰《ひそ》める。彼女達はそれ以上何か言うことはなく、さっさと視線を外し仲間内でヒソヒソ話し出した。

「なにあれ」

「……さっきの男子グループ、女子に人気あるから、それでかも」

言われてみれば、彼らは皆見た目が良く、更には各部活動でレギュラーを張っている連中ばかりだ。

「でも別に、関係ないでしょ。向こうから勝手に来たんだから」

堂々としておけばいいのだとトーカは言う。しかし依子は、「そうかなぁ」と力なく呟くことしかできなかった。

昼食後、トーカは一人トイレに入ると、胃の中のものを全部吐き出し水を飲みこんだ。

「……？」

昼休みで大半の生徒が出払った教室に戻れば、先ほど、自分達を睨みつけていた女子が依子の周りに集まっている。一体何を話しているのだろうと思ったところで、彼女らの声が聞こえてきた。

「褒められて嬉しそうだったじゃない。そのための料理できますアピール?」

「眉原《まゆはら》ちゃんが山本《やまもと》君好きなのアンタだって知ってるでしょ。なに、当てつけ?」

「ワザとらしいんですけどー、キャハハ」

「ち、違……、そんなつもりは」

眉原とは自分達を最も睨んでいた女子。山本は先ほど、依子の唐揚げを食べた男子だ。

「何やってんだよ」

トーカは彼女らに早足で近づき、リーダー格である眉原に強めの口調で問いただす。トーカの登場に他の女子は怯《ひる》んだが、眉原だけは動じずこちらを見て笑った。

「あ、霧嶋さん、戻ってきたんだね」

「何やってんだって聞いてんだよ」

「何って……おしゃべりしてただけだよ?」

しらばっくれる彼女にトーカは更に表情を険しくさせ、

「アンタ達が依子に言ってたこと、全部聞こえてたんだよ」

と言う。

「え、聞こえてたならいちいち何やってんだとか訊き返す必要なくない?」

眉原は揚げ足を取るようにして返した。それにトーカの怒りが増す。

「あ？」

「ヤダ怖いー。ちょっと小坂さん、霧嶋さん超怒ってるよー、なんとかしてよ？」

「え、あ……。トーカちゃん、私は大丈夫だから……」

「大丈夫なわけないだろ！」

トーカの叱責に依子はびくりと体を震わせる。思わず口を押さえたトーカに眉原はニヤニヤ笑いながら、値踏みするような目でこちらを見た。

「霧嶋さん、今、小坂さんにイラッとしたでしょ？」

「はぁ!?」

苛立ってるのはお前のせいだ。しかし、眉原は続けた。

「霧嶋さんと小坂さんって性格違うもん。一緒にいてイライラすること多いんじゃないの？」

「アンタいい加減に……」

「だってさぁ。いっつも嫌っそーな顔で小坂さんのオカズ食べてるじゃん」

「はっ？」

思いがけないところからの攻撃にトーカは一瞬動揺した。それは、自分が人間の食事を食べられないから。だけどそんなこと言えるはずがない。

「霧嶋さん一人でなんでもできるタイプだし、小坂さんにつき合ってあげてるトコ多いんじゃないのぉ？　今回も動物園連れてかれるんだって？　子供っぽぉい。霧嶋さんそんなの好きなわけないじゃん」

眉原の言葉に依子が見る間に青ざめていく。トーカは思わず眉原の胸ぐらをつかんだ。傍にいた女子が「キャア！」と悲鳴を上げる。

「それ以上言ったら……」

「『そんなことない』って否定しないんだ？　てことは図星なんじゃないの？」

眉原の言葉はトーカのデリケートな部分をこれ以上なく刺激してくる。図星じゃないと言いきれない己の素性。

「庇《かば》ってもらえて良かったねぇ、小坂さん」

青白い顔で自分達を見ることしかできない依子に眉原が言った。依子の瞳に涙がじわりとにじんでいく。トーカはつかんでいた眉原の制服をもう一度固く握り、拳をドン、と胸に押しつけた。

「マジでそれ以上言ったら……」

——ぶっ殺すぞ。

喉元まで出かかった言葉。だけど声になる前に教室に男の声が響いた。

「何やってるんだ！」

見れば眉原の仲間達に引っ張られるようにして歴史教師の鶴田《つるた》が入って来る。

「……痛ぁい！　やだ、ごめんなさい、許して！」

真っ先に反応したのは眉原の方だった。彼女は勝手に床に倒れこみ、胸を押さえ激しく咳きこみ出す。

「な……」

「霧嶋！　お前何した！」

当然、鶴田の非難はトーカに向けられた。

「あの、違うんです、トーカちゃんは……」

「痛い……っ、ふええん、先生、先生ぃ……っ」

依子が慌《あわ》てて立ち上がり弁明しようとするも、眉原が大きな声で泣き始める。

「泣かせることないじゃん！　霧嶋さんサイテー！」

「眉原ちゃん、大丈夫っ？　痛くないっ？」

眉原の仲間達は、彼女の体を支えるようにして立ち上がらせ、援護射撃を開始した。口の上手《うま》い女子ばかり。こちらが何か言えば十にも二十にもなって返ってくる。

「違……トーカちゃんは……」

「霧嶋、職員室に来い！」

鶴田はトーカの腕をつかみズンズンと歩き出した。

眉原の隣を通り過ぎる時、彼女はトーカにだけ聞こえるように言う。

「ウケる」

そこには悪意しかない。

「トーカちゃん……」

説教が終わり廊下に出ると、自分達を追いかけて来ていたのか、壁際にいた依子が戸惑いがちに歩み寄って来た。

「ごめんね、私のせいで……」

「依子は悪くないだろ」

ぶっきらぼうにそう答え、教室に向かって歩き出すが依子はその場から動けない。

「依子？」

彼女は顔を伏せ、スカートをぎゅっと握りしめていた。

「……ホントに。依子が悪いワケじゃないし。問題は眉原だっての」

言葉をつけ足し、悪いのは眉原だと主張する。

「とりあえずいっぺん泣かす」

やられっぱなしは好きではない。それに、あの手のタイプは放っておくと同じことを繰り返すのだ。残り少ない昼休み、ケリをつけると足を踏み出す。

「ダメだよ、トーカちゃん！」

そんなトーカを依子が止めた。

「そんなこと、しちゃダメだよ……」

「なんでよ。依子だってあんなこと言われて嫌だっただろ」

「そりゃ、嫌だったけど……、そうなのかな、って」

「ハァ？　んなことないって。なんでそんなこと言うのよ」

まるで眉原を庇っているように聞こえて気分が悪い。

「とにかく、落とし前つけてもらわないと」

話していても埒《らち》があかない。気がはやるトーカに、依子はまたも「ダメだよ！」と制止する。

「……依子、ああいう馬鹿女《ばか》は痛い目見ないとわかんないんだって！　うやむやにしたらつけあがるよ！」

自分は依子のことを思ってやっているのに、どうして止めようとするのか。

思わず叱りつけるような言い方をしてしまい、依子はびくりと体を震わせた。

「私、は……」

依子は何かを堪《こら》えるように唇をぎゅっと引き結ぶ。しかし、瞬《まばた》きを繰り返す瞳に薄い膜が張り、そのまなじりが不自然に煌《きら》めいた。

しまった、と思った時にはもう遅い。想定外の事態にトーカの荒ぶっていた感情が冷めていき、それと同じ速さで、依子の目からポタリと涙が零《こぼ》れた。

「トーカちゃんの、気持ちはすごく嬉しいよ……っ」

依子は涙を拭うこともせず嗚咽《おえつ》を堪えながら言葉を紡《つむ》ぐ。

「でも、でも……っ」

ポタポタ、ポタポタと彼女の頬を伝い零れ落ちていく涙。

「そんなことされても嬉しくないよ……っ！」

呪われた身の上、踏んだ軀《からだ》は数知れず。絶叫、激高、哀傷《あいしょう》。極限の状態を五感で体感して駆け抜けてきた自分が、いってしまえばたかが人間、非力な少女の言葉に凍りつく。

そしてもう一つ。

——どうして。

依子の叫びと涙が、真戸戦で見たヒナミに重なった。復讐なんてどうでもいい、ただただ悲しいだけだと泣いたヒナミに。

その日から、依子の態度が変わった。こちらを露骨に避けているわけではない。ただ、いつものように笑顔で話さなくなったのだ。彼女なりに、何か言おうとしている気配はあるが言葉が出てこない。

それはトーカも同じだった。いつも柔らかな空気で自分を肯定してくれていた彼女が距離を置いていることに戸惑っている。

「あ、今日もパン？」

「ああ、うん……」

昼休み、コンビニのビニール袋からパンを取り出し封を切るトーカを見て、依子が聞いてきた。その表情はどこか強《こわ》ばっている。

会話は終わり、依子は自分の弁当を静かに食べ始めた。いつもなら、もっと食べなきゃダメだよと自分のオカズを分けてくるのに。

人の食事は受けつけない〝喰種《グール》〟の体、身体的な面でいえばそれは良いことなのかもしれない。だけど、精神面では、まったく別の話だった。

あれだけ揉《も》めた眉原はまるで何事もなかったかのように友達とはしゃいでいる。彼女は自分の好きな男にトーカ達が近づきさえしなければどうでもいいのだ。こっちは尾を引いているのに楽しそうにしている彼女を見ていると殺意さえ湧いてきた。

――クソが。

解決策の糸口が見えぬまま、一日、二日と経っていく。

三

「……トーカちゃん、コーヒー零れてるよ?」

考えこんでいたせいだろうか。カップからあふれ出たコーヒーを見てカネキが横から口を出してきた。

「うわっ、……早く言えよ！」

「え、ええ〜……？」

慌てて台ふきを探しながら、トーカは「アンタが入れとけ！」とカネキに命令する。

時が経てば改善することもあるかもしれない。自分にしてみれば随分と気の長い選択をして一週間以上経つが、過ぎ去る時が自分の期待を大きく裏切っていく。

雪の斜面を転げ落ちる小石が、雪を巻きこみ大きく膨れあがるかのように、二人のぎこちなさは増す一方だ。

カネキはトーカの代わりにコーヒーを入れ、客の元へと運んでいる。

「あれ、君、初めて見るな。新顔？　なんて名前？」

「あ、金木《かねき》研《けん》です」

コーヒーを注文した客はカネキを物珍しそうに見て、「なんか独特の匂いするね」と言った。相手が〝喰種《グール》〟だと察したカネキは、カウンター内に戻ると「あの人もなんだね」と聞いてくる。

「ああ……20区の〝喰種《グール》〟じゃないけど。弱くて自分の区じゃ喰場《くいば》持てないから、たまにこっちにまで漁りにくんだよ。詮索好きだからあまりしゃべんない方がいい」

「え、そうなんだ……。いろんな〝喰種《グール》〟がいるんだね」

カネキは興味深げに客を眺めた。しかしすぐにこちらに意識を戻す。

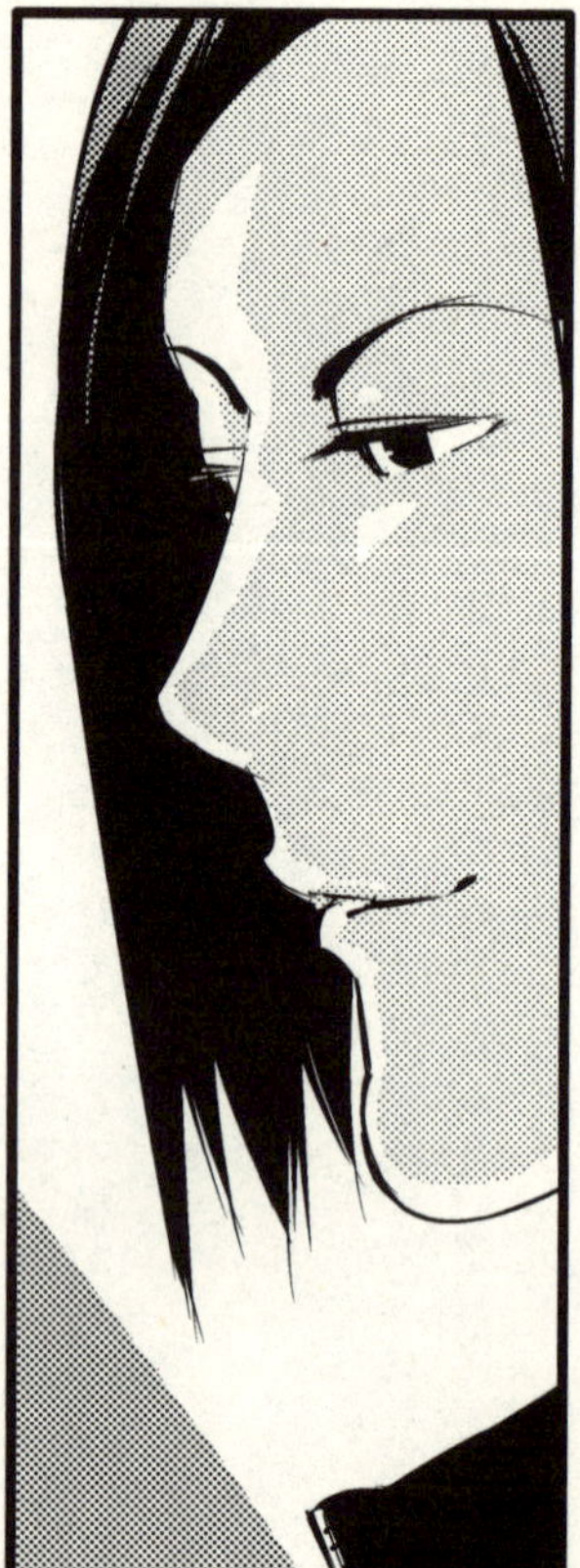

「そうだ、トーカちゃんがアドバイスしてくれたから、ヒデにはしばらく店に来ないように言っておいたよ」

「はぁ？　アドバイス？　んなことしてないし」

「いやでも、過去の事例を教えてくれたじゃないか」

　冷たくあしらってもカネキはニコニコと笑っている。少し心臓が強くなったようだ。それにイラッときて睨《にら》みつけると、身の危険を感じたカネキが「とにかくありがとう」と話を打ち切った。

「……どうせなら一生来ない方がいいと思うけど」

　視線をそらしたカネキにトーカはポツリと漏らした。

「え？」

「前も言ったけど、ウチには情報を求めて〝喰種《グール》〟が集まる。あいつだってそうよ」

　トーカが顎でさした席には、先ほどカネキがコーヒーを渡した〝喰種《グール》〟がいる。

「あいつ、人間を廃墟や人気《ひとけ》がないところに連れてって殺して喰うの。最近はネットで獲物探してるみたいだけど。ここにはそんな奴らがゴロゴロいる。友達が大事なら〝喰種《グール》〟から遠ざけておくべきよ」

　そう言うとカネキは息を詰め、そっと目を伏せた。自分の言葉が予想以上に堪《こた》えたようだ。何をまごついているのかと訝《いぶか》しんでいると、カネキはポツリと零す。

「だけど、今までずっと一緒にいたし……。大袈裟な言い方かもしれないけど、心の拠り所というか。そういうのをなくしたら、自分が保てなくなるんじゃないかって」

「はぁ？　なに言ってんのよ」

「僕がヒデともうつき合わない方がいいって話じゃないの？」

ヒデを「あんていく」に来させないようにしろと言ったつもりだったが、カネキは、ヒデとは縁を切れと言われたのだと勘違いしたようだ。

しかしトーカはハッとする。友人を危険な目に遭わせないよう、〝喰種《グール》〟から遠ざける必要があるならば、真っ先に去らなければいけないのは、他ならぬ自分自身であることを。

カネキの勘違いの方が物事の本質を突いていたのだ。だったら自分と依子は？

「……トーカちゃん、何かあったの？」

流石《さすが》に様子がおかしいと感じたのか、カネキが尋ねてくる。

「別に」

「でも、ここ何日か元気がないように見えるよ？」

「なんでもないって言ってんだろ」

まさかカネキに心配されてしまうなんて。気遣うような眼差しに居心地が悪くなる。

「……もしかして、依子ちゃん？」

核心を突かれそうで反射的に体がびくりと震えた。カネキはそれで察したようだ。

「ケンカでもしたの？」

「うるっさいな、さっさと仕事戻れよ」

トーカは汚れた台ふきを洗い始める。しかしカネキが傍《そば》から離れない。

「なんだよ」

何か言いたげにこちらを見ているカネキが煩《わずら》わしくなって訊くと、彼は「早めに仲直りした方がいいよ」と言った。

「こういうのって、時間が経てば経つほど誤解が重なってこじれたりするし。放っておかない方がいいと思うよ」

指を組み、恐る恐る進言してくるカネキにトーカは「しつこい」と蹴りを一発入れた。

「……ケンカとかじゃない」

「あんていく」での仕事を終え、自宅に戻る途中、トーカは依子にもらった動物園の園内マップを眺める。

約束の日まであと数日。きっと、それまでには元に戻る。もしそれに間に合わなくても、動物園にさえ行けば依子ははしゃいで普段通りになるはずだ。

トーカは前向きに考えてマップを丁寧に折り曲げカバンにしまう。

しかし、そうやって期待した時に限って裏切られるものだ。

四

「……は？」

「だからね、今回は動物園、やめておこうかと思って……」

休憩時間、依子に声をかけられ、やっと普段通り話しかけてくれたと思ったトーカに告げられたのは、約束を白紙に戻す言葉だった。

「なんで急に……」

「あのね、トーカちゃんの予定とか考えずに言い出して悪かったなって、ようやく気がついて……。また今度、また今度、トーカちゃんが余裕ある時に行こう? ね?」

彼女の言う『また今度』。実際は次などなく、このまま話を流してしまうつもりだとトーカは感じ取った。

「別に、中止にしなくても……。予定通り行けばいいじゃん……?」

「ううん。やっぱり、良くなかった、私」

トーカはなんと言えばいいかわからず黙りこむ。

「ほら、やっぱり、『行きたい』とは言わないじゃん」

そんな自分達を見物していたらしい眉原が馬鹿にしたようにそう言った。振り返れば彼女は「怖ーい」とわざとらしい声を上げ、仲間達とクスクス笑っている。

「……アンタ達またなんか依子に言ったんじゃ」

「違うのっ。私が、私がそう思ったから……」

詰め寄ろうとしたトーカを依子が止める。

「また今度、また今度行こう。ね?」

弱々しい依子の笑顔が胸に痛い。彼女はいつも優しく笑いかけてくれるのに。

「依子……」

このままじゃいけない。そう思うのに、上手《うま》い言葉が出てこない。

「授業始めるぞー、席着けー」

結局何も言えぬまま教師が現れ、授業が始まった。


その日の放課後、用事があるからと依子を先に帰したトーカは、教室の窓際にたむろする眉原達の前に立った。

「あれぇ、霧嶋さん、今日は小坂さんと帰らないの？」

校庭で部活をしている山本を眺めていたらしい眉原がこちらに気がつき、わざとらしく尋ねてくる。

「……依子に何言った」

「えぇ？　なんの話？」

髪を指先で弄《いじ》りながら眉原がしらばっくれた。

「依子に何言ったって聞いてんだよ」

トーカは声に殺意を混ぜこみ低く問う。本能的にまずいとでも感じたのだろうか、眉原はパッと髪から指を放すと、他の仲間達をチラチラと見ながら、

「別に。霧嶋さん、動物園行きたくなさそうって言っただけよ」

と答えた。

「……実際行きたくなかったんでしょっ？　だって本当に行きたければ、小坂さんにああ言われても、『私は行きたい』って言えたはずじゃんっ」

周囲の女子も眉原を庇《かば》うように、そうだそうだと口を揃える。

「小坂さんの弁当のこともそうだしさ、いろんなことに嫌々つき合ってるのが見えるって！　外野に口出しされたくないなら自分の態度改めれば？　八つ当たりしないで……」

ガン、とけたたましい音が鳴った。

眉原は絶句し、仲間の女子も息を呑む。トーカの拳《こぶし》が眉原の頰を掠《かす》めるようにして、窓枠を殴っていた。

——テメェに何がわかる……っ！

トーカは心の中で叫んだ。

食事が摂れないから、いつ誰に狙われるかわからない身の上だから、〝喰種《グール》〟だから、〝喰種《グール》〟だから、〝喰種《グール》〟だから！

どれだけ努力しても跳び越えることのできない壁はあって、手にすることのできない幸福もあって。それでもこっちは必死で生きているのだ。なのに。

眉原はその場にへたへたと座りこんだ。

「……次は」

トーカは彼女と、彼女の仲間達を一人ずつ睨みつけて言う。

「……もうないからな、クソ女」

トーカはへたりこんだ眉原達を置いて教室を出た。

「動物の赤ちゃん見るんじゃなかったのかよ……」

トーカは依子がくれた園内マップを見ながら一人歩く。

依子が行くのをやめようと言った時、でも自分は行きたいと言えば何か変わったのだろうか。


「あ、トーカちゃんお疲れ様」

「あんていく」に到着すると、カネキがこちらの気も知らず呑気《のんき》に挨拶《あいさつ》してきた。

苛立ち、「うるせー」と返すと、カネキは首を傾《かし》げ、「何かあったの？」と尋ねてくる。

「…………」

カネキはしばらく自分を見てから、小さな声で尋ねてきた。

「……依子ちゃんと何かあった？」

腹立たしいことに動揺して体がびくりと震える。トーカは拳を握りしめ、

「だったらなんだっていうんだよ！」

と怒鳴りつけた。

店の客が一斉にこちらを振り向き、水を打ったように静かになる。

「どうしたんだい、トーカちゃん」

それに、今度はカウンターにいた芳村が尋ねてきた。

「あ……すみませ……」

流石にばつが悪くなって謝ったトーカに芳村は店の奥をチラリと見てから、「少し休んでおいで」と言う。

「なっ、私は大丈夫……！」

「鏡を見ておいで」

拒否するように食い下がったトーカだったが、芳村は首を横に振った。静かな動作なのに、有無を言わせぬ迫力がある。

間に挟まれたカネキもトーカと芳村を交互に見ながら、

「僕もちょっと休んだ方がいいと思うよ……」

と言った。お前には言われたくないとまた声を荒らげそうになったが、芳村の眼光が鋭

くなった気がする。

「……クソ」

トーカは、ふて腐れたように背を向け店の奥へと入って行った。

「……ヒドい顔」

しかし、二階のリビングで鏡を覗きこんだトーカは思わずそうぼやく。心の疲弊《ひへい》がそのまま顔に出てしまったかのように疲れ切った表情をしていたのだ。

「……トーカちゃん、コーヒー淹《い》れてきたよ」

トーカに八つ当たりされたにもかかわらず、カネキは普段通りの様子でトレーの上にコーヒーをのせて現れた。

僕が淹れたんだ、と言いながらテーブルの上にカップを置くと、カネキはそのまま、ソファーに腰を下ろす。

「……仕事戻れって」

「店長がちょっと休憩しておいでって」

カネキは湯気の立つコーヒーを見つめながら、控えめに「仲直りできそう?」と尋ねてきた。何も言わないトーカに対して、カネキは根気強く言葉を重ねる。

「あのさ、〝喰種《グール》〟の世界ではもちろんトーカちゃんの方が先輩で、僕も教えてもらうことがたくさんあるんだけど、人間の世界に関しては。僕の方が先輩……だと思うんだよね」

「…………」

「そりゃ、頼りないかもしれないけど、ちょっとくらいは役に立てたらいいな、とか思ったりするんだよね」

こういう時のカネキは諦めが悪い。

「……アンタなんか役に立つわけないじゃん」

「そ、そうかな。でも、話したら気が楽になったり、しないかなーって」

どれだけ突き放してもカネキは席を外そうとしなかった。

根負けしたのはトーカの方だ。

「……うざ」

打たれても打たれても歩み寄ってくるカネキに憎まれ口を叩いて息を吐く。

「……笑ったらぶっ殺すからな」

トーカはここ数日の流れをざっとカネキに話し始めた。

「……ああ、そっか……。それは難しい問題だね」

話を聞き終えた後、カネキは珍しく神妙な面持ちでそう呟いた。

「ホントにそう思ってんのかよ」

「思ってるよ！　……依子ちゃんも依子ちゃんで、今すごく不安に思ってるんじゃないかな。ケンカ……とはまたちょっと違うかもしれないけど、こうやって気持ちがすれ違ってる時って、ネガティブな発想しかできなくなるし」

だからこそ早く仲直りした方がいいとカネキは言っていたのだろうか。

「トーカちゃんはさ、実際、どうなの？」

「何が？」

「お弁当分けてくれることとか……動物園のこととか。どう考えているのかなって」

人の食事を食べることになれば、どうしてもいい顔はできないし、動物園のことも、眉原が言っていたように依子に誘われたからこそ承諾した面はある。

ただ。

「わかんないよ」

答えを出すことのできない自分にカネキは「そっか」と呟いた。

「これは、僕が感じたことだから見当違いな点もあるかもしれないけど。トーカちゃんって、いつも即断即決で行動するよね。そんなトーカちゃんがこれだけ迷うってことは、トーカちゃんにとってそれだけ依子ちゃんの存在が大きいからだと、僕は思うんだ」

「…………」

周囲からの客観的な意見。だけどそれは眉原とは真逆の意見だった。

「だったらやっぱり、仲直りした方がいいと思うよ。動物園も行った方がいいと思うな。でないと後悔すると思う」

本来なら、明後日二人で動物園に行くはずだった。しかし、依子から動物園に行くのはやめようと言われたのだ。

「えっと、だから、そうだな……」

カネキはトーカを心配して、真剣に悩んでいる。馬鹿みたいにお人好しだ。トーカは冷めたコーヒーカップの縁を指先でなぞる。

出会った当初、泣き叫びながら〝喰種《グール》〟であるトーカを非難した男なのに、いつの間にか自分の悲劇と向き合い、こちらにも歩み寄るようになった。

「そうだ！　何か依子ちゃんの喜ぶことをしてあげたらいいんじゃない？」

「……喜ぶこと？」

カネキは名案とばかりに手を打ち、提案してくる。

「うん。依子ちゃんも、周りにいろいろ言われたせいで、自信がなくなってるんじゃないかと思うんだ。だから、そんなことは気にしなくていいんだって思えるように、トーカちゃんの気持ちが伝わることをすればきっと解決するよ」

簡単に言ってくれる。自分はそういうことが得意ではないのだ。

「何すりゃいいんだよ」

「うーん……例えば何かプレゼントするとか、思いの丈を綴《つづ》った手紙を書くとか」

「却下。そういうガラじゃない」

「ええっ。良い案だと思ったんだけどな」

カネキはガッカリした様子で天井を見上げた。トーカはコーヒーに口をつけながら反芻《はんすう》する。

依子が喜ぶこと。

果たしてそれはなんだろうか。

五

明日は祝日。本来であれば依子と動物園に行く日だった。

前日の脅しがきいたようで眉原達は大人しいが、依子は今日も元気がない。

昼食時間になって、不味《まず》いサンドイッチを食べながらトーカは思う。

人の食事を与えられ、それを消化しなければならなくなるのは苦しかったが、食事をあまり摂らないトーカを心配して、オカズを分けてくれる依子の優しさは好きだった。

そして動物園。トーカにとって、動物園自体はどうでもいいことかもしれない。だけど、依子と一緒に行くなら、それで依子が楽しそうなら、自分は満足できるような気がする。だって、動物園に行くと決まり、浮かれた依子を見るのは楽しかった。

「……そっか」

自分は依子と一緒に動物園に行きたかったのだ。依子の「行きたい」という気持ちと種類は違うかもしれないけど、それでもちゃんと思っていた。だから後生大事に依子がくれた園内マップを持ち歩いていたのだ。

動物園に行くのはやめようと言われた時、行きたいと言えば良かった。

自分は気持ちの整理が下手で、余裕ぶって見せようにもみっともないくらいに青臭くて、そんな自分に嫌気がさす。

——馴れ合いとかうぜぇんだよ。やりてぇなら一人でやってろ、クソ姉貴。

トーカの脳裏に、家を出て行った弟、アヤトの姿が過《よぎ》った。あの時も、言うべき言葉があったのではないだろうか。

学校が終わり、二人で並んで下校する。依子は当たり障りのない会話を繰り返し、動物園の件には触れないようにしているようだった。

「あ、それじゃあ、ここで……」

さしかかった十字路。ここで依子とはお別れだ。いつもは「それじゃ」と明るく別れて行くのに、今日は二人とも動きが鈍い。依子もトーカが何か言ってくれるのを待っているのかもしれない。こじれた仲を修正するなら、今がラストチャンスだ。

だけど、そう思っているのに言葉が出てこなくて。

「……じゃあ、バイバイ、トーカちゃん」

沈黙から逃れるように依子はそう言ってパタパタと駆けて行った。

「……依子」

ようやく声が出た時には、既に彼女は遠くなっていて、こちらの声など届かない。

トーカはカバンのヒモを握りしめ、「あんていく」へと足を踏み出す。

赫子《かぐね》を使えば鳥のように、蝶のように軽やかに飛べる自分の足取りは限りなく重くて。

「なんで、私は……」

依子が、ヒナミが、アヤトが頭の中を巡って息が詰まる。結局、自分は誰かを哀しませてばかりじゃないか。

『広場もあるから、そこでお弁当食べよう！』

依子の笑顔が蘇る。トーカは立ち止まり、彼女が消えた道を振り返った。

人間は面倒くさい。下らない法律に縛られ、馬鹿みたいに集団を好み、自分達が正義だと信じて害する者を一緒くたに駆逐《くちく》しようとする。

だけど弱いクセに他人のことを想い、脆《もろ》いクセに大事な者を抱え慈《いつく》しみ、爪も牙も持たないクセに誰かを守るために戦う者もいる。

だったら〝喰種《グール》〟は？　私は？

今、私と依子の関係を隔てているものは、〝喰種《グール》〟と人間という垣根だけだろうか。もしかすると私は——その隔たりに甘えているのではないだろうか。

——依子ちゃんの喜ぶことをしてあげたらいいんじゃないかな。

カネキの声が蘇る。〝喰種《グール》〟でも、人間でもできる簡単なこと。それができない原因は、……自分の弱さじゃないのか？

「……クソ……っ！」

トーカはそう叫び、彼女が去った方角に背を向け、「あんていく」に向かって走り出し

た。

「おい！」

トーカは店に入るなり、カネキに向かって叫んだ。

「と、トーカちゃん、せめて名前呼ん……」

「バイト終わったらつき合え！」

カネキの言葉を遮《さえぎ》ってトーカは命令する。カネキは目を白黒させたが、まだ何一つ事情を話していないのに何かを察したかのように、「わかった」と頷いた。

「店長、すみません、今日ちょっと早めに上がってもいいですか……？」

今度は芳村に、カネキに比べるとずっと丁寧に頼みこむ。芳村はカネキと同じように理由を聞くこともせず、「たまにはいいさ、いつも頑張ってくれているからね」と笑顔で頷いた。

芳村の厚意で普段よりもずっと早い時間に上がらせてもらったトーカとカネキ。トーカはカネキを連れて、ある場所に向かう。

「ねえ、トーカちゃん、どこ行くの？」

流石《さすが》にそろそろ理由が気になり始めたのか、そう尋ねてきたカネキに、トーカは「黙ってついてくればいいんだよ」と返した。こちらから頼んでおきながらなんて態度だと、自分でも思う。だけどカネキも馴れた様子で「わかったよ」と答えた。

「……え、ここ入るの？」

「あんていく」から歩いて十五分。たどり着いたのはスーパーマーケットだった。

〝喰種《グール》〟には無縁の場所だ。そこにトーカは入って行く。人の食べ物の匂いがして吐き気をもよおしたが、かまわず進んだ。

そしてスーパーの真ん中に立ち、カネキを振り返る。

「……何買えばいい」

「え？　買うって……」

「……弁当に入れる具材だよっ！」

カネキは一瞬キョトンとして、その後すぐに笑い出した。

「笑うな！」

「ご、ごめんっ！　うん、わかった、理解したよ」

すべてを話したわけではないが、カネキは合点がいったようだ。

「トーカちゃんが食べやすくて、なおかつ豪勢な感じがいいよね。スーパーは書籍の棚にお弁当雑誌置いてること多いから、ちょっとそれ見てみようか」

そう言って、トーカを先導するようにして歩き出す。少しだけカネキが頼もしく見えた。

「わぁ、お姉ちゃん、お兄ちゃん、どうしたの、これ」

両手一杯にスーパーの袋を持って帰ってきたトーカとカネキに、家で大人しく待っていたヒナミは大きな目を更に大きくして驚いた。

「明日出かけるから、弁当作るんだよ」

「お弁当?」

「すごいの作るんだよ。えっと、トーカちゃん、今のうちに作れるやつは作っておいた方がいいよね。時間がかかりそうなものから頑張ろうか」

カネキは袖をまくってスーパーで買った弁当の本を開き、手順を確認しながら材料を並べる。

「お姉ちゃん、わたしも手伝うよ」

息巻くヒナミにトーカは食材と一緒に購入した大きめのお弁当箱を渡して、

「じゃあ、これ、きれいに洗ってもらえる?」

と頼んだ。ヒナミは大きく頷き蛇口を捻《ひね》る。

「まずは唐揚げかな」

カネキは調味料の分量を正確に計り、ボウルの中で混ぜ合わせていった。その中に鶏肉を入れ、下味をつける。動きは若干ぎこちないが、本の指示通り動いているようだ。

「トーカちゃん、片栗粉用意してもらってもいい?」

「カタクリコ……?」

「えっと、そこにあるやつだよ。それを平皿に入れるんだ」

カネキ以上にぎこちない動きで片栗粉を手に取ったトーカは、平皿の中に怖々《こわごわ》と注ぎこむ。それをカネキに差し出すと、彼はニコリと笑ってタレに漬けこんでいた鶏肉を丁寧に取り出し、片栗粉をまぶした。

「…………」

料理するカネキの横顔が、なぜか懐かしく感じられた。

トーカ達は戸惑いながらも料理を進め、オカズは一品ずつ増えていく。

「上手《うま》いことできてる感じがする」

サンドイッチに、アスパラのベーコン巻き、卵焼きや白身魚のフライ、そして唐揚げ。

最大の難点は味見ができないところか。

しかしカネキは何を思ったのか、唐揚げを一つつまみ上げ、ぱくりと口に含んだ。

「……おい！」

「お兄ちゃん⁉」

「うおえぇ……っ‼」

そして即座に吐き出す。

「きったねぇな！」

「お兄ちゃん大丈夫っ!!」

カネキはヒナミが差し出したティッシュで舌を拭《ぬぐ》いながら、

「いけるかと思ったけどダメだ……！　衣がヘドロに浸った枯れ葉みたいで、肉は丸められた太いミミズを嚙んでいるような不快感で……っ」

と呻いている。

「なんでいけると思ったんだよ……」

時間は深夜零時を過ぎ、三人は正方形の大きな弁当箱に料理を詰めていった。ヒナミは眠いのか、時折目を擦《こす》っている。

「……なんか思い出すなぁ、ハハ」

でき上がっていくお弁当を見ながら、カネキがポツリと呟いた。何を、と聞くよりも早くカネキの表情が目に入る。何かを懐かしむような、だけどどこまでも深く沈む哀色。

「…………」

ほんの少し前までは、人としてごくごく普通の生活していたのだ。行事の時には、こんな豪勢な弁当を食べていたのかもしれない。

最初からその機能が備わっていない者と、途中からその機能を失った者、どちらの方が辛いのだろう。

トーカは「フン」と鼻を鳴らし、それ以上会話を続けることはしなかった。


「よし、これで完成だね！」

ようやくすべてが整った時には午前一時を回っていて、眠気に負けたヒナミはソファーで眠っている。

「……悪かったな」

巻きこんでおいてそれだけかと周りに怒られそうなセリフだが、カネキは「いいよ」と笑った。

「そういえば、僕の読んだ本に……」

「どーしたこうしたご高説たれんのはやめろよ」

世話にはなったがそこは阻《はば》んだ。カネキは頭を掻いてから、「じゃあ、映画のセリフだけど」と切り替える。

「アメリカの『Ｇｉａｎｔ《ジャイアンツ》』って映画、知ってるかな？　テキサスの牧場主一家の話なんだけど。それの登場人物が言うんだ。『ケンカの良いところは、仲直りできること』だって」

「…………」

「……まぁ、原作はエドナ・ファーバーという女流作家が書いた小説なんだけど」

「結局本じゃねぇかよ」

思わず蹴りつけると、カネキが「あいたっ」と叫ぶ。それでも彼は表情を柔らかくして言った。

「僕も昔、ヒデとくだらないことでケンカしたことがあるよ。でも今もこうやって友達だから。明日頑張って」

応援してるね。そう言って、カネキはトーカの家を後にした。

トーカはソファーで眠っているヒナミを抱き上げ、ベッドに運ぶ。寝息を立てる彼女の髪を撫《な》でてからキッチンに戻り、でき上がった弁当を眺めた。

「……めんどくさ」

この弁当のために、一体何時間費やしただろう。人間はこんな面倒くさいことを毎日毎日、しかも三食必ずやっているのか。

――これだけの手間をかけて、いつも依子は料理を作っているのか。

トーカは弁当箱に蓋《ふた》をして、そっと目を閉じる。上手《うま》く言葉で伝えられない自分だからこそ、この「形」が代弁してくれますようにと。

六

「……家にいる、よな」

翌朝。八時に依子の家の前に立つ。家の中から、人の気配はするが依子のものかどうかは分からない。トーカは緊張しながらインターホンを鳴らした。

「はぁい。……トーカちゃんっ？」

まず最初に出て来たのは、依子の母親だった。随分とびっくりしている様子から察するに、動物園行きが中止になったことは聞いていたのだろう。トーカはぺこりと頭を下げ、

「依子さんいますか」と尋ねる。

「ごめんね、依子まだ寝てるのよ。今起こしてくるから待ってて」

依子の母はパタパタと奥へ入って行く。一分もしないうちに、奥から「……トーカちゃん⁉」と叫び声が聞こえ、それから更に二分後、髪を手櫛《てぐし》で整えながらパジャマ姿の依子が現れた。

「トーカちゃん……」

驚きを隠せない様子で依子がトーカの名前を呼ぶ。トーカは何も言わず持っていた袋を彼女に差し出した。

「え、なに？」

「……弁当」

袋の中を覗きこんでいた依子が、トーカの言葉にパッと顔を上げる。どんな顔をして彼女を見ればいいのかわからなかったが、なんとかしっかりと彼女の目を見て、

「動物園、行こ」

と絞り出すように言った。だけど、空気の重さに耐えられなくなり、俯《うつむ》いてしまう。そ

のまま彼女の言葉を待つが、いっこうに返事がない。

彼女が喜んでくれることをすれば普段通りに戻れると思っていたのに、そんな簡単な問題ではなかったのだろうか。迷惑だったのだろうか。途端、自分の勝手な行動が恥ずかしくなってくる。

不安になってぐっと顔を上げると、依子も俯いていた。もう元には戻れないのだろうか。

「……？」

そこで、彼女の頬からポタリと何かが零れ落ちた。学校の廊下、眉原にやり返してやると息巻くトーカに彼女が見せた光と同じものだ。

「依子」

降り始めの雨のように、ポタポタ零れ落ちていく。

「ごめん……っ」

沈黙を破るように依子が口を開いた。

「眉原さんに……っ、トーカちゃんに迷惑かけてばかりじゃないかって言われてっ。もしかしたら私がしてきたことって、トーカちゃんにとってありがた迷惑だったのかなって、そう思ったら、怖くなって……」

弁当が入った袋をぎゅっと握りしめながら、依子は抱えこんでいたのだろう感情を包み隠さず打ち明け始める。

「ホントはトーカちゃんに嫌われてたんじゃないかって思ったら、私、私……っ、怖くて、

怖くて……っ」

　まさかそこまで考えていたなんて。トーカは首を振った。そんなことはない、絶対にない。

「トーカちゃんは、いつもしっかりしてて、格好良くて、私にはないものいっぱい持っていて、それこそ、理想の女の子で……っ。でも私はトーカちゃんみたいに誰に対してもハッキリものを言えないし、鈍くて、気づけないこともたくさんあるし、足引っ張ってばかりだって思ったらなんだか自分が情けなくて……っ」

　そんなこと思わなくていい。自分の方がずっと不完全で、馬鹿みたいな失敗をして、痛みに慣れすぎたせいで人の痛みに鈍感で。

　だけど依子は違うじゃないか。一緒にいるだけでホッと落ち着く、そんな空気を持っている。それこそ自分にはないものをたくさん、たくさん持っている。

「私……トーカちゃんのこと疑ってたのかもしれない。友達なのに、信じることができなかったのかもしれない。だけどそんな私に、トーカちゃん優しくて……っ。ごめんね、ごめんねトーカちゃん……ごめんね、ごめんね……っ」

　胸の奥底から様々な感情があふれ出す。依子に伝えたいことがいっぱいあるのに、何一つ言葉にできなくて、もどかしくて、苦しくて。何か言おうと口を開き、何も言えずに口を閉じ、また何か言おうと口を開く、その繰り返し。

　――言わないと、何か言わないと……！

その焦燥感が更にトーカから言葉を奪っていく。なぜかこちらまで泣きたくなってきた。

しかし、そこで依子がスッと顔を上げる。

「トーカちゃん」

彼女はトーカの顔をじっと見て、手の甲で涙を拭《ぬぐ》うと、笑った。

依子の手が、トーカの手をぎゅっと握りしめる。

「トーカちゃん、すぐ顔に出るから」

——大丈夫、伝わったよ。

そう、言われた気がした。


「見てみてトーカちゃん、ライオンの赤ちゃんがいる！」

それから、二人で動物園に行った。依子は嬉しそうにはしゃいで一人で駆けて行く。その後をトーカも追いかける。

ふれあい広場ではウサギを見つけ、恐る恐る手を伸ばし触ろうとした。しかしウサギはトーカの手をすり抜け逃げて行く。悔しがっていると依子がウサギを抱き上げ、トーカに触らせてくれた。


「うわ……すごい……！　これ全部トーカちゃんが作ったのっ？」

そうして昼になり、園内の広場にシートを敷いて弁当を開く。中を見て驚きに目を輝か

せる依子にトーカは一瞬言葉に詰まったが、「まぁね」と流した。ほとんどカネキ作なのだが、ここは仕方ないだろう。

「トーカちゃん、料理上手《うま》かったんだね……！　すごく美味しい！　味つけも凝ってる！」

それもカネキなのだが。依子は「負けられないやこれは」と闘志を燃やしている。

トーカは「アハハ……」と乾いた声で笑いつつ、ふと目についた唐揚げを箸で持ち上げ依子に向けた。

「え？」

「ほら」

依子がいつもそうするように、自分も彼女にオカズを差し出してみる。依子は人にされると恥ずかしいのか、少し照れくさそうにしながら口を開いた。

そこで、草を踏みしめこちらに歩み寄って来る何者かの気配がした。

「……しかしまさか臨時で20区に回されるとは思いませんでしたね、柳《やなぎ》さん」

「真戸上等捜査官がやられたんだから仕方ないだろう」

「……!?」

飛びこんできた男達の声。トーカの箸から唐揚げが落ちる。しかしちょうど寄せていた依子の口に入った。何も気づかずモグモグと唐揚げを食べる依子に体を向けたまま視線だけをそちらに向ける。すると、アタッシュケースを持った男が二人、じっと自分のことを見ていた。

——喰種《グール》捜査官だ。

まさかこんなところで鉢合わせするなんて。しかし考えてみれば、こうやって人が集まるところも彼らの巡回ルート。もしや芳村が言っていた不審者とは、真戸の代わりに投入された喰種《グール》捜査官だったのか。

もし自分が〝ラビット〟だと気づかれればここは一瞬にして戦場になる。依子の目の前だというのに。

トーカの背筋に悪寒が走った。ドクドクと心臓が鳴り始める。未だ捜査官の視線は外れない。

「この唐揚げも柔らかくて美味しいね！」

トーカの緊張を打ち破るように、依子が頬を押さえながら言った。思わずそれに気を取られ、隙ができる。ヤバイ。そう思い、再び捜査官がいる方へ全神経を集中させたのだが。

「いやぁ、微笑ましいッスねぇ」

そこには、驚くほど和やかな空気が漂っていた。

「俺らはこういう平和を守らなきゃいけないんだ。よし、行くぞ東条《とうじょう》」

「はい！」

そのまま彼らは去って行く。

呆気《あっけ》にとられたトーカが呆然《ぼうぜん》とその背中を見送っていると、依子が「一番の自信作はどれ？」と楽しげに聞いてくる。彼らの目には、トーカが友人と仲良く戯れる女子高生にしか見えなかったのだろう。

「……まぁ、唐揚げじゃない？」

遠のき消えて行く捜査官の気配に胸を撫で下ろしながらトーカが言うと、依子は「やっぱりそうなんだね！」とうなずいて、何か思いついたように小さく笑った。

不思議に思っていると、依子が唐揚げを一つつまみ上げトーカに差し出してくる。

「はい、トーカちゃん」

いつもの光景、変わらない日常。人の食事を受けつけない〝喰種《グール》〟の身でありながら、彼女が見せた笑顔に心が落ち着いていく。

トーカはその唐揚げにぱくりと食いついた。相変わらず不味《まず》いことこの上ないけれど、トーカは口角を上げ、微かに笑ってみせる。

「……これより」

「これより？」

「これより依子が作るやつの方が、旨いよ」

人とのつき合いは偽りまみれ。だけど、だからこそ、努力するトーカの生き方が、結果的にトーカの「日常」を支えてもいる。

「今日、すごく楽しかったね」

夕焼け時、電車の中で名残《なごり》惜しげに呟いた依子にトーカも頷いて、茜色《あかね》のさす世界を眺める。

今この瞬間は、人間と〝喰種《グール》〟という垣根を越えて、同じ想いを共有できているような気がした。

TOKYO GHOUL

東京[日々]喰種

#003

「写真」

自らを世界に知らしめる。我こそ〝美食家〟月山習《つきやましゅう》。

一

これはまだ、カネキがリゼと出会う数年前のこと。彼が〝人〟として日々を過ごし、世界は平和だと錯覚していた時の話。――この町には既に、〝喰種《グール》〟が存在していた。

月が映える夜、狙った獲物が一人。気に入った部分はふくらはぎ。仕事終わりのマラソンを日課にしているその男は、過去、あの箱根も走ったことがあるという。

しかしもう、彼に走る足はない。背後からの不審者に気づき、振り切ろうと懸命に走る姿は美しかったが、〝喰種《グール》〟である自分にとっては幼子を追いかけるも同然だった。

「大地を躍る筋肉……一切無駄のないプロポーション。この瞬間、僕に咀嚼《そしゃく》されるために人生を駆け続けた君の命に感謝するよ！」

人の姿のない公園の真ん中、両足を失った男は自身の流した血の海に浸り、失血のショックで気を失っている。

反応がないのは寂しいことだ。しかしこの手の中には己の食欲をこれ以上なく刺激するこの足がある。

「安心してほしい、もちろんメインディッシュ。下ごしらえはあなたがしてくれた。組織が死に逝く前に頂こうじゃないか！」

月山は恍惚《こうこつ》の表情を浮かべ、手にした男の下腿《かたい》の血を舐《な》め上げる。

　少年と呼ぶには体はしなやかに成長しており、青年と呼ぶにはあどけなさを残している。ザクロのように赤く色づいた瞳は異形の者であることを主張しながら妖艶な色香を醸《かも》し出していた。

月山習、十六歳。

太陽が世界を支配している時には、〝ただの高校生〟と同じように学問に励んでいるが、その正体は――〝喰種《グール》〟である。

　選ばれた存在、選ばれるべき存在。そしてもっと己を高めるために不可欠なのが〝美食〟だ。

「僕をより輝かせる糧となりたまえ！」

月山は端整な顔が歪むほどに口を開き、勢い良く男の下腿に喰らいつこうとした。

まさにその時だ。

「……………!?」

まばゆい光、閃光のようなフラッシュ。次いで響いたカシャリというシャッター音。噛みしめた男の肉を喰いちぎりながら、月山は光と音を追う。しかし状況把握するよりも早く予想外の声が響いた。

「いよっしゃあああっ、撮れたあああ——ッ！」

デジタル一眼レフを右の手に、何も持たぬ左手は星空に。拳《こぶし》を高く突き上げるのは、容姿から判断するに小学校高学年程度だろう少女だった。

食事に集中させていた意識が引きずられるようにして彼女へ向き、喰いちぎった肉がろくに咀嚼されぬまま喉を通る。ごくんと喉がなった瞬間ようやく我に返った月山は怒りにワナワナと震えた。

「……邪魔したな……」

ろくに味わうこともできず、嚥下《えんか》されてしまったディナー。そんなことなど露知らず、少女は全身で喜びを体現するようにピョンピョン跳ねている。

「……僕の一口目をォォオ!!」

月山は男の足を放り投げ土を蹴った。踏みつけた箇所に穴が出来るほどの衝撃。月山は少女に向かって一直線、その命をつみ取るために牙を剝く。数秒後には骸《むくろ》が増える——はずだった。

「わっと！」

なのに少女は体を小さく屈《かが》め、俊敏に滑り台の後ろに隠れたではないか。

月山の拳が滑り台の支柱を破壊するなか、少女は「すっご！」と、この状況を理解しているとは思えない感嘆の声を上げ、一目散に逃げて行く。背負ったリュックサックが左右に揺れていた。

この月山習の攻撃を避《よ》けるなんて。もしや〝喰種《グール》〟か、喰種《グール》捜査官か。だけど彼女から〝喰種《グール》〟の匂いはしないし、人間側の喰種《グール》対抗策、「クインケ」の気配もない。ごくごく普通の、どこにでもいるような人間の香りだ。

少女はこの周辺の地理に詳しいのか躊躇《ちゅうちょ》なく町中に駆けこんで行った。ディナーに選んだ俊足の男よりも、彼女の方がずっと速く感じる。彼女は細道を走り、他人の家を平然と通り抜け、前に後ろに右に左に奔放《ほんぽう》な動きを見せた。

月山はたまたま見つけた店先の荷物を足場にして跳躍すると、電柱の足場ボルトをつかみ、鉄棒選手のように反動をつけて一気に建物の上まで飛ぶ。

「このっ……！　ちょこまかとすばしっこいリトルマウスめ‼」

深夜の寝静まった町には不自然な駆け足、足音の重み。たとえ姿は見えずとも感覚で捉えることができる。なにより自分にはたぐいまれなる嗅覚があった。

やがて少女は狭い路地に入り立ち止まった。追いかけっこはお終《しま》いだ。屋根の上から軽やかに飛び降り、彼女から少し距離をとって着地する。

少女はこちらに背を向け座りこみ、小刻みに体を動かしていた。恐怖に震えているのだろうか。

月山は改めて少女の姿を観察した。小さな背丈に、無造作に切られた黒い髪。座りこんでいるせいもあるが全体的に丸くて、それこそハムスターのようだ。

驚くほどに興味のそそられない体に、こうまで魅力のない人間がいるのかと月山は感心する。

しかし、月山習の食事を邪魔した罪は重い。この鬱憤《うっぷん》どう晴らしてやろうか。そう思いながら少女に向かって足を踏み出した。

「じゃじゃーん!」

だけど、そこで彼女が振り返る。やはり状況を理解してないのか、瞳に浮かぶ喜色《きしょく》。思考が読めず一瞬固まった。そんな月山に少女は自慢げに叫ぶ。

「ほら、格好いいでしょ——!」

少女の手にはノートパソコン。そして、画面いっぱいに広がるのは。

「……僕じゃないかっ!」

獲物の肉に喰らいつこうとする自分の姿だった。

少女は「よいしょ」と立ち上がり自分の顔を覗きこんでくる。

「月山習君だよね」

更なる衝撃、出てきたのは自分の名前。

——このハムスター、何者だ?

目の前の少女の危険ランクを一気に引き上げ警戒する。

少女はリュックサックの中から何かを取り出した。

「ほら、これ！」

躊躇なく見せられたのは、月山が通う晴南《せいなん》学院大学附属高等学校の学生証。そこには彼女の顔写真と共に「掘《ほり》ちえ」という名前が記されていた。

「ほり……ちえ……？」

「〝ホリチエ〟って呼んでくれたらいいよ」

彼女、ホリチエは学生証を閉じると屈託のない笑みを浮かべて言った。

「走って疲れたから甘いものが食べたいな！」

深夜でも営業している喫茶店。月山の正面には、特大パフェを猛スピードで食べるホリチエがいる。何日も食事を摂っていなかったのかと思うほどのがっつきぶりは下品極まりない。

「……もっと淑女らしく食べられないのか、小汚い齧歯類《げっし》め」

コーヒーカップを手にうんざりするが、彼女は「私、別に淑女じゃないし」とあっさり返してくる。確かに見た目から何から何まで淑女から縁遠い。

そんな彼女が自分と同じ高校に通う学生、しかも同級生らしい。

「月山君から、なーんかスクープ臭がしたんだよね」

早々にパフェを食べ終わり、ジュースまで飲み干してからホリチエがようやく切り出す。

スクープ。ならばどこかに情報を売るつもりか、それとも自分を脅すつもりか。

しかし、カメラをポンポンと撫《な》でる彼女は、「だからずっと張りこんでたの。見事ビンゴ！　私大満足」と己の成果を語るだけ。

こちらを焦らしているのだろうか。月山はコーヒーカップをソーサーの上に置き、「何が目的だい」と問う。それにホリチエは首を傾《かし》げた。

「目的？　もう終わったけど？」

「……pardon me ?《なんだって》」

「だからこれ」

カメラを上下に揺らしながらホリチエは言う。

「すごい写真が撮りたかったからつけ回してたの。期待以上だったなぁ。だから目的は終わったよ」

「そんなはずないだろう。この月山習の決定的スクープを個人の趣味の範疇《はんちゅう》で収めるはずがない！」

「あれ、晒してほしいの？　だったらすぐにできるよ」

ホリチエはリュックの中からノートパソコンを取り出そうとした。

「ノンノン……まぁまぁ落ち着きたまえよ、小さき友よ」

「えぇー、どっちなの？」

ぼやきながらも彼女は素直に従い、リュックを脇に戻す。

それにしても、〝喰種《グール》〟であり、数刻前に人間の足に喰らいついた自分を前にしてこの落ち着きようはなんだ。しかも彼女は、人間にしてみれば残虐非道な捕食現場を平然と写真に収めたのだ。

その精神の根底にあるものは一体なんなのか。もしかすると、能ある鷹の例えのとおりで破格の大物だったりするのか。この自分に気づかれることなく決定的瞬間を写真に収めたのだ、それも考えられる。むしろその方が納得できる。

「君にとって写真を撮るという行為はやはり崇高なものなのかい？　それこそ、自分の命を懸けてもいいと思えるほどに」

今度は切り口を変えて彼女に聞いてみる。大体人間というものは、自分が情熱を賭けるものを問われると、喜んで話し出すものだ。それは、〝喰種《グール》〟も同じかもしれないが。

「そんな小難しいこと考えてないよ。死にたくもないし」

なのにホリチエは話に飽きてきたのか、足をブラブラと上下に揺らしている。まったく食いつく気配がない。

「わからないいな、だったらどうして？」

「えー？」

ホリチエは遠い目をしてしばし黙りこんだ。大丈夫、待ってやろう。そしてどんな些細な言葉であろうとも、彼女の深層心理まで手を伸ばし、本質を暴いてみせる。

「……あ、眠くなってきた」

しかし、彼女の返答は期待はずれもいいところだった。ホリチエは行儀悪くあくびをすると目を擦《こす》りながら立ち上がる。

「あ、別に人に見せる気はないから。私だって命は惜しいし。パフェご馳走様。じゃ」

そうして彼女は大きなリュックを背負うとスタスタ歩き出す。

「待て、齧歯類ッ——！」

月山の制止に耳を傾けることもなく、結局彼女は月山に勘定を押しつけて喫茶店から去って行った。

「Santo cielo《なんてことだ》‼ まさかこんな試練が課せられるなんて……」

一人残された月山はコーヒーを追加注文し、思案にふける。

彼女を殺すのは簡単だ。しかし、彼女という存在をあまりにも理解しないまま殺すのは早計過ぎるだろうし、これは何かの罠で安易に牙を剝けばとんでもないしっぺ返しを食らう可能性もある。

『月山君、少し気をつけた方がいいよ』

そんななか、月山の脳裏に穏やかな声が響く。喫茶店、「あんていく」のマスター芳村《よしむら》。先日店に立ち寄った際、彼が自分にそう忠告してきたのだ。

その時は自分に死角はない、心配する必要はないと伝えたのだが。

「芳村氏、あなたが言っていたのはあの子ネズミのことだったのですか？」

これだから彼は侮れない。月山はコーヒーカップを爪で弾いた。

二

名門、晴南学院大学附属高等学校。生徒の自主性と創造性を尊重し、個人としての価値を高め、人間力を向上することを教育方針とするこの学校の売りは、高い偏差値だけではなく、裕福な家庭の子供達が多く在籍するセレブ校だということだ。

「おはようございます月山さん」

「今日もお元気そうですね」

「ああ、おはようチャーミングガールズ。まるで天使のさえずりだね」

美しい言葉遣い、優雅で耳触りの良い発声。生まれた時から手をかけられ、親の躾《しつけ》が行き届いた少女達に月山も極上の笑みを返す。

「チャーミング……」

「よく出るよな、そんな言葉」

しかし、初等部、中等部とは違い、高等部からは一般生徒も多く入学するため、がさつな者達も少なからずいた。月山は教室の隅で陰口を叩いていた生徒に視線を向ける。

「彼女達を見れば誰もが思うだろうことを代弁しただけだよ？　心からの賞賛を否定されたら傷つくな……」

違うかい？　と月山が目を細めれば、月山の持つ独特の空気に呑まれた彼らは黙りこむ。

闘う牙を見せずとも、弱者は強者には敵わないのだ。

「おっと、そんなことよりも」

月山は教室を出ると二つ先のクラスに向かう。意中の人物はまだ登校していないので、廊下の壁に背を預け、腕を組みつつ十分ほど待った。

「……来たね」

月山の耳に、バタバタと騒がしい足音が届く。昨夜自分の捕食シーンをカメラに収めたホリチエだ。見れば首からカメラを下げ、学校の指定外のリュックを背負っている。

月山は壁から体を離し、彼女へと向き直った。彼女もようやくこちらに気づいたようだ。

「おはよ！」

だけど、それだけ言って彼女は教室に入って行ってしまう。昨夜、彼女が言った通り、彼女の目的は達成され、これ以上こちらに関わる気はないのだろうか。

いや、安心するにはまだ早い。彼女は自分の秘密を知ってしまったのだから。

その日から月山はホリチエを注意深く観察するようになった。

「掘さん？　こう言ってはなんですけど、校内でも有名な変わり者ですよね」

彼女のことを人に聞けば、誰もが口を揃えて同じことを言う。写真マニアの変わり者、奇想天外な自由人。

今まで意識したことがなかったが、見れば休み時間に中庭で虫を追いかけたり、放課後に木に登って空の写真を撮ったりとちょこまか賑やかだ。

「また掘さんだわ」

「元気なものね」

そんな囁《ささや》きに耳を傾けながら、月山はホリチエの足音を聞いた。迷いのないスタッカート。そのエネルギー量はいかほどか。

「……ん、来たか」

そこで月山の聴界に別の足音が響く。

「月山君、ちょっといい？」

休み時間の教室に現れたのは担任教師である松前《まつまえ》。月山は「はい」と返事をし、廊下に出る。

松前は言った。

「……わたくしが消してきましょうか、習さま」

周囲の人間には聞こえない小さな声。月山は彼女を諭《さと》すように首を静かに横に振る。

「松前……お前の気持ちは嬉しいが、これは僕の問題さ。この困難を乗り越えれば、僕はまた一つスケールアップできるような気もするしね。自分のことは自分で始末をつけないと」

彼女は月山家の使用人、松前。もちろん――〝喰種《グール》〟だ。

「これは……習さまを想うあまり出過ぎた真似を。自分が恥ずかしゅうございます」

「いや、いいのだよ。お前の気持ちは十分伝わっているさ。それよりも、調べてくれたのかい？　彼女のことを」

松前は恭《うやうや》しげに頷いた。

「はい。掘ちえ、家はごくごく普通の一般家庭ですね。受験時の成績が良く、奨学金を貰いながら我が校に通っているようですが、入学後の成績にはムラがあり、奨学金支給に支障が出そうになったこともあるようです」

どうやら勉学に熱心というわけではないらしい。だったらなぜ、この学校を選んだのだろうと思っていると、タイミング良く、「当校志望動機は、『家から一番近かった』のようです」と答えが告げられた。

「その後、奨学金が貰えるレベルは維持しているようですが、ご存知の通り、写真にばかり情熱を燃やしているようです。部活動には参加していませんが、彼女の写真を見た写真部顧問は、子供が撮るような稚拙な写真もあれば、素人が撮ったとは思えない神業《かみわざ》的な写真を撮ることもあると評していました」

勉強と同じく、写真にもムラがあるのだろうか。目的なく動き回るモルモットのようだ。

「私も彼女のクラスで教鞭《きょうべん》を執っておりますが、捉えどころがないというのが素直な感想です。真面目、と呼ぶほど勉強熱心ではありませんし、不真面目というほど素行が悪いわけでもない」

「愚者か賢者か判別がつかないということか。まるでタロットカードのナンバー〝0〟、『The Fool』だね」

「お役に立てず申し訳ありません」

「いや、いいよ。また何かあれば教えてくれ」

「御意」

どうやら一筋縄ではいかないようだ。それにしても、今までまったく知らなかった人物が、調べてみればこうも謎めいてくるとは。人に対する認識を改めなければならないかもしれない。

「……何かあったの？」

月山が教室に戻り席に着くと、隣の席の女子が問うてきた。絹糸のように美しい黒髪、理知的な瞳。しかしその奥には見た目の印象とは違う閃光のように眩しい情熱が見える。

「ミス・イカル。聞いていたのかい？」

「あなた達があんなに大きな声で話すから、むしろ聞かせてるんじゃないかと思ったくらいだわ。掘さんがどうかしたの？」

休憩のざわめきがあふれた教室の中から廊下の囁き声を聞き取ることなど常人なら不可能だ。しかし、〝喰種《グール》〟となればまた別の話。

〝喰種《グール》〟は日常に潜んでいる。彼女もまた人間社会に身を置く優れた〝喰種《グール》〟だった。常に、個を消し、柔軟に人間社会に溶けこむ姿勢と努力には目を見張るものがある。

「実は彼女に〝食事中〟の写真を撮られてしまってね」

「……嘘でしょ」

「idiot me《愚かな僕》……本当さ」

肩をすくめ、やれやれと首を振る月山に、彼女は眉をひそめ、「なぜ殺さないの」と問う。

「まだ、彼女の本質を捉えきれていないからさ」

「まどろっこしいことをするのね……」

彼女が呆れて呟くなか、ちょうどホリチエが廊下を駆けて行った。二人でそんな彼女を眺める。

「興味がなかったから知らなかったんだけれど、あのリトルマウス、校内では変わり者として有名らしいね」

「有名といえばあなたも相当なものだけれど。由緒正しき月山家の御曹司だもの。政財界とも交友は深く、その影響力は多大。確かお祖父さまの代で資産が膨れあがったんでしたっけ」

「祖父は冒険家でもあったからね。世界各地の〝珍しいもの〟を輸出入して財を築いたのさ。僕の自慢だよ」

月山は尊敬の念を示すように胸に手を置き誇らしげに語る。

「オマケにあなた当人は文武両道で見た目はモデルと比べても遜色ない美しさ。それでいて、その変な……奇想天外な立ち振る舞い。嫌でも目を引くわ。あなたの一族も含めて、よくそこまで目立ちながらバレずにやれているわね。感心するわ」

そこでまた、ホリチエが廊下を駆けて行った。会話が止まり、またしても二人でそちらに視線を向ける。

「それにしても、あれだけうるさいのに、今まで気づかなかったなんて。あなたの〝選別〟の厳しさを感じるわ」

それというのも、食指のまったく動かないどこにでもあるような単調な匂いに、なんの魅力も感じない幼児体型が原因だったのかもしれない。美食の対象ではないと無意識のうちに除外していたのだろう。

「それにしても不思議だね。金銭的な余裕はなさそうなのに、彼女は質の良いカメラに性能の良いレンズを使っている。JANON製、一級品だよ」

庶民の金銭感覚には詳しくないが、親に買い与えてもらうには随分高額な品だろう。バイトをしている気配もないし、どうやって手に入れたのかが気になる。

「彼女、ネットに自分が撮った写真を写真素材としてアップしているらしいわ」

「写真素材？」

「ええ。商業利用の場合はお金を取ってるみたいよ。資料写真って、それなりに良い値になるらしいから」

そういう知恵はあるのか。無関心だった彼女に、少しずつ興味が湧いてくる。だけど相手は自分の秘密を知った女だ。

――ここらで一つ、勝負をしかけてみるか。

三度《みたび》廊下を駆け抜けて行ったホリチエを見て、月山は笑みを深くした。

その日の放課後、校舎の隅にある芝生の上で匍匐《ほふく》前進をしていた彼女を見つけて近づいた。一体何を狙っているのか彼女の視線を追うが、芝生以外何もない。なのに、カシャカシャとシャッターを切る音だけは続いている。

「何を撮ったんだい、リトルマウス」

「あれ、いたんだ」

月山の呼びかけにホリチエはこちらを振り返り、パッと立ち上がる。

「これ」

彼女はカメラを弄《いじ》ると撮った写真を見せてくれた。

「……失敬、僕には芝生しか見えない」

「そりゃそうだよ、芝生を撮ったんだから」

「どうしてそんな、つまらないものを？」

〝喰種《グール》〟の捕食シーンというショッキングな影像をカメラに収める彼女が、なんの変哲もない草を撮るなんて、落差が激しいように思う。しかしホリチエは満足げだ。

これは失言だったかもしれない。

「――いや、よく見れば悪くない。芝の一つ一つがプリズムを浴び、各々がエメラルドの光彩を放つ……興味深いよ」

今は彼女の機嫌を損ねるわけにはいかないのだ。前言撤回、合わせるように彼女を褒めると、

「え、そう？　つまんないと思うけど」

とホリチエが答えた。まったく、こちらの思惑通りに動かない女だ。

月山は、「これは失礼」と返して、話を切り出す。

「実は今から君と一緒に行きたい場所があるんだ。もちろん、君に危害を加えるつもりはないよ」

月山は彼女の表情を窺《うかが》いながら、丁寧に言葉を紡《つむ》ぐ。捉えどころのない彼女だが、これには食いつくはずだ。

「きっと君も、気に入るはず……」

「いいよ」

ところが、餌をまく前にあっさりホリチエが答えた。少々面食らった月山に、ホリチエがカメラを弄りながら言う。

「なんか面白そう」

なるほど、彼女も〝嗅覚〟が鋭いのかもしれない。

三

驚くほどあっさりと了承したホリチエを連れてやってきたのは、高校から少し離れた大学病院だった。

「月山君、どっか悪いの？」

じっとすることなく、ちょこまか走って病院の外観や風景を収めるホリチエに、月山は語りかける。

「まず先に言っておきたいことがある。僕は人間がとても大好きなのだよ」

「喰べちゃうくらいだしね」

「そういう対象ではなくても、という意味さ。人は野生を生きる爪も牙もないというのに、地上に繁栄する。その原動力はなんなのか、そしてその本質は？」

「でも喰べちゃうんだよね」

「喰べるけれども」

二人は病院に入り、エレベーターに乗りこんで、一般病棟まで上がる。

「こんなに堂々と病院の中に入っちゃって大丈夫なの？」

エレベーターの中で二人きり。ホリチエが何気なく尋ねてきた。

「ああ、大丈夫さ。すべて計算の上だからね」

たどり着いたのは八階。ここには病棟だけではなく吹き抜けの広場がある。敷き詰められた芝生と、青々と茂る木々が憩いの空間を作り出し、入院患者やその家族が和やかに談笑していた。

さて、ここだ。月山はそう言ってナースステーションを眺める。中には看護師が数名待機しており、そのうちの一人、若い女性の看護師がこちらに気づいてナースステーションから広場までやって来た。

「あら月山君、また来てくれたの？　えっと、この子は……あら、晴南の制服ね」

白衣の天使にふさわしく笑顔を絶やさないまま看護師が尋ねてくる。どう見ても高校生には見えないホリチエが晴南の制服を着ていることに驚きを感じているのだろう。

「彼女は僕の友人です」

「そうだっけ」

「秘密を共有し合う仲を、友と呼ぶのだよ」

自分達のやりとりを聞いて、なんだか怪しいわと看護師がからかってきた。本心からそう言っているわけではないだろう。なにせ自分達はあまりにも不釣り合いだ。

月山は、今度はホリチエに彼女を紹介する。

「この大学病院は緑が多くてね。心地が良いものだから、敷地内のベンチで読書をしていたら彼女が話しかけてくれたんだ。彼女は親切丁寧な対応で患者からの人気も高いんだよ。見ての通り、いつだって美しい笑顔を絶やさないからね」

「やだ、言い過ぎだわ、月山君」

　看護師は恥ずかしげにはにかむ。そんな看護師に向かって月山は続けた。

「ただ……切ない恋をしている」

「ちょ、ちょっと月山君⁉」

　叶わぬ恋を嘆くように、月山は大袈裟に胸を押さえ首を横に振った。

「好きになった医師が、なかなか振り向いてくれないんだ。きっかけさえあればきっと上手《うま》く行くと思うんだけどもね。あなたの笑顔に落とされない男性はいないはずだから」

　内情をバラされ慌てた看護師だったが、月山の最後の言葉には「そうだといいんだけど」と苦笑する。

　だけどそんな時、彼女の背後にゆらりと人影が現れた。

「若い男と、ヘラヘラおしゃべりかぁー！」

　やたらとボリュームの高い声が突如響き渡る。それは、奥の病室から現れた九十歳は越えていると思われる男性患者だった。顔には無数の皺《しわ》が刻まれ、額は綺麗《きれい》に禿げ上がっている。その患者が看護師の背後から抱きついたのだ。

「キャア！　もう、ダメですよっ」

　看護師はへばりつく患者を振り返り、そう注意する。

「……ん？」

　その瞬間、なぜかホリチエがシャッターを切った。

——なるほど。

手を離した老人は、にやけながら病室へと戻って行く。看護師は困ったような笑みを浮かべて、「病室まで送ってくるわ。それじゃあ」と去って行った。二人を見送りながら、月山はホリチエに説明する。

「あの老人は心臓疾患で入院しているが、ああやって時々徘徊《はいかい》して、若い看護師に破廉恥《ハラス》メントをするんだ。自分のやったことはすぐに忘れてしまうし、罪悪感もない」

しかも、誰かにしてもらったことも忘れてしまう。彼には常に忘却がつきまとう。

「ただ、資産家らしく、この病院に勤務する教授の縁者でもあるそうで、誰も彼には強く言えないのさ」

見下ろしたホリチエは自分の話などまったく聞いていない様子でデジカメのディスプレイを確認していた。どこまでも自分のペース、その生き様は嫌いではない。

そんな彼女の耳元で月山は囁く。

「君を明日のディナーショーに招待するよ」

彼女がぴくりと反応し、こちらを見上げた。

「ただし、チケットは自分の手で入手してほしい。明日の土曜、深夜零時、あの老人の部屋に忍びこむんだ。その時、窓は開けておいてくれ。きっと、素晴らしい写真が撮れるよ」

これが餌だ。何が起きるのか、いくらでも想像してほしい。そして、その小さな胸を弾ませてほしい。

返答を待つ月山にホリチエはようやくカメラを離して、「わかった」と頷く。

――楽しいディナーになる。

月山の唇が弧を描いた。

四

日も暮れた十九時半、ホリチエは一人大学病院に来ていた。今日は月山との約束の日だ。約束の時間よりもずっと早く来ているのには訳がある。普通に考えて、深夜零時の病院に忍びこむのは困難だった。施錠されているだろうし、警備だっているはずだ。だから、入院患者の見舞いを装い、まずは病院内に入りこむ。

ホリチエが真っ先に向かったのは女子トイレだった。個室トイレに入ると、リュックサックの中からパジャマを取り出しそれに着替える。着てきた服はリュックの中に放りこんで、カメラを首に下げてからチャックを閉めた。

今度は荷物の隠し場所だ。ホリチエは病院敷地内にある広場に向かう。そこには、道に沿うようにして並ぶツツジの木があった。照明のすぐ傍は避けて、光の届かない木の裏にリュックサックを置く。少し離れて確認したが、暗闇も手伝いリュックはきちんと隠れて見えなかった。

「あ」

そこで、ピンポンパンポン、とお知らせのチャイムが鳴る。

『……ご面会の皆様にお知らせいたします。間もなく面会終了時刻となります……』

この大学病院の面会終了時刻は二十時だ。放送を聞いて、面会に来ていた人々が病院から続々と出て来る。入り口にはそんな人々を見送る患者も大勢いた。

ホリチエはしばらく入り口に立ち、その光景をぼんやり眺める。小中学生にしか見えないホリチエがぽつんと一人で突っ立っていても、皆、親が帰ったので寂しいのだろうとしか思わないだろう。

『面会時間終了です』

最終アナウンスからほどなく、入り口が施錠される。病室に戻る患者達に紛れるようにホリチエも病院内に入って行った。大学病院の患者数は千人以上いる。しかも、入れ替わり立ち替わりで流動的だ。病院側も、すべての患者を覚えられるはずがない。

途中、医師や看護師とすれ違ったが堂々とした態度で歩くホリチエを見て、疑問に思う者はいなかった。ホリチエは他の患者と一緒にエレベーターに乗りこむ。

「さて、と」

たどり着いたのは、八階の一般病棟だった。ここからはそれまでと勝手が違う。

外来の医師や看護師とは違い、病棟の看護師達は、自分が担当するフロアの入院患者をあらかた把握しているだろう。しかもこの病棟には高齢者が多い。見た目、小中学生のような者が歩いていれば間違いなく目立つし気づかれる。

ホリチエは夜勤の看護師に見つからないよう、再びトイレに入りこんだ。そして便座の蓋《ふた》を閉めるとそこに腰かけ、しばし待機する。病棟内はまだ騒がしく、人の足音も聞こえていた。時折トイレに患者が来るが、個室トイレが複数あったため、一つが長く使用中でも気にする者もいない。

ホリチエはカメラを弄り、自分が撮った写真を眺めて時間を潰す。そこには昨日病院で撮った写真も、月山が人間を喰らう写真もあった。

「……お」

それから一時間近く経っただろうか。病棟内にクラシックの音楽が流れ始め、ホリチエは顔を上げた。

時間を確認すれば、二十一時。消灯の時間だ。

曲が流れ終わると、病棟内の電気が順々に消えていく。ホリチエがいるトイレに面した

廊下の電気も消え、人の気配もほぼなくなった。

ホリチエは、それからしばらくトイレに居座り、三十分ほど経ってからようやく出て来る。足音を忍ばせ覗きこんだ廊下には誰一人いない。ただ、病室内の小さな灯りはまだ点々とついているので起きている患者はいるのだろう。ホリチエは靴を脱いで手に持ち、音を立てないようにして廊下を進んだ。

フロアの中心には、ナースステーションがある。そっと覗きこめば、中に看護師らしき人が二、三人ほどいた。ホリチエは向こうから見えないように体勢を低くしてゆっくり通過する。看護師達は夜勤業務に手一杯な様子で、ホリチエに気づくこともなかった。

「ここだ」

ようやくたどり着いたのは、大部屋ではなく、フロアの隅にある個室。ここが昨日出会った老人が入院している病室だ。ドアに耳をつけ中の様子を窺うと、やたら大きないびきが聞こえてくる。ホリチエはそっと扉をスライドさせた。

「………？」

すると、中からふわりと甘い香りが届く。だいぶ強い匂いだ。芳香剤だろうか。

照明が消えているため中の状況はわかりにくい。ホリチエは中に入ると、今まで以上に慎重に部屋の奥へと進んだ。

「……あ、寝てる」

カーテンの閉められた窓際にある大きなベッド。そこに、昨日看護師にセクハラをしていた老人が眠っている。ホリチエは老人の眼前で手を振ってみた。老人は気づかない。

「……もしもーし」

今度は小さく声をかけてみる。それでも老人は起きなかったので、今度は頬を軽く突いてみた。

「……起きない」

だいぶ眠りが深いようだ。もしかすると、睡眠導入剤を服用しているのかもしれない。それならばちょっとやそっとでは起きないだろう。ホリチエは緊張を解き、改めて部屋を見渡した。

「すごーい」

果たして病室と呼んでいいのだろうか。室内は広々としており、トイレだけではなくシャワー室まで完備してある。他にもソファーやテーブル、冷蔵庫が設置されており、そこらのビジネスホテルよりもランクが高かった。

ホリチエはソファーに腰かけ、老人を眺める。これだけの個室に入院できるのであれば、月山が言っていた通り相当な財を持っているのだろう。棚の上には頂き物だろうか、まるで権力を示すかのように、きらびやかな花や、菓子、果物が並んでいた。

ホリチエは立ち上がると、棚の上にある果物を眺める。部屋に充満する甘い香りの原因はこれのようだ。ホリチエは中でも一番高そうなマンゴーを手に取ってみた。すると、甘い匂いがいっそう濃くなる。不思議に思ってひっくり返すと、マンゴーの裏側が傷んで変色していた。

「ふうん……」

見舞いの品を持参する来客は多くても、それを整理し、この老人に食べさせてあげる者はいないらしい。傍《そば》に置かれた果物ナイフも使った形跡はないようだ。ホリチエはまたソファーに腰かけ、昨日撮った老人の写真を眺めた。

「そろそろかな」

時計を確認すると二十三時五十五分。月山との約束の時間までもう少しだ。ホリチエはぐっと背伸びをし、ソファーに横になった。カーテンの隙間から、月明かりが差しこんでいる。

「……？」

廊下から足音が聞こえてきた。ホリチエはパッと起きあがり耳を澄ませる。

足音は静かな廊下を進み、病室に入って、廊下に出て、また別の病室に入ってを繰り返していた。どうやら看護師が巡回しているようだ。

この調子でいくと、自分がいるこの個室にも必ずやって来る。

「えっとー」

ホリチエは隠れる場所を探して室内を見回した。トイレかシャワー室が妥当だろうか。

しかし、看護師の足音はもう近くまで来ている。

「しょうがないな」

ホリチエは小柄な体を活かし、ベッドの下に潜りこんだ。

ホリチエが隠れた数秒後、ドアが開き、懐中電灯が室内を照らす。巡回であれば患者の確認をして、早々に出て行くだろう。そう思ったホリチエだったが、意外なことに看護師は、ドアを閉めると老人が眠るベッドではなく、棚の方へと移動した。そしてそこから離れない。

一体何をしているのだろうか。

疑問に思っていると、かさかさと紙箱を弄る音が聞こえる。更には何かを咀嚼するような音が聞こえてきた。

——お菓子だ。

どうやらこの看護師、老人のお見舞い品を勝手に食べているらしい。看護師はお菓子を食べながら、今度は老人の横に立つ。ベッドの下に潜むホリチエの目に看護師の足が映った。可愛いナースシューズ、どうやら女性らしい。

そこで、パンパン、と鋭い音が部屋に響く。手についたお菓子の粉でも払っているのだろうか。

「ねぇ、生きてんの？」

バシン、とまた音が響く。それは今までの音とは違い、重みがあった。

「ほら反応してよ、生きてる確認とれないと次の病室行けないでしょ」

見下すような冷たい声。またバシン、バシンと音が鳴る。ホリチエは察した。

——看護師が、老人を殴っていることを。

痛みに老人が「うう……」と呻く。しかし、看護師は手を止めない。

「なんだ、生きてんの。気持ち悪い。生きてたって意味ないんだから、死ねばいいのに。みんな思ってるよ、死ねばいいって。なに生きてんのよ、キモイのよ、死になさいよ、みんなのために死になさいよ」

看護師は老人を激しく罵倒する。内容の酷《ひど》さよりも、その声にホリチエは反応した。聞き覚えのある声だ。

老人を打つ音が響く部屋。そこにガシャンと大きな破壊音が響いた。

「……素敵な白衣の天使だろう？」

部屋に響いた男の声、それが月山であることは明白だ。

「え、なに、なにっ？」

看護師は突然の乱入者に驚き、足がもつれて倒れこむ。ベッドの下にいたホリチエにその顔が見えた。

昨日の看護師だ。

「え、どうして……、月山君っ？　ちょっと待ってここは八階よ！」

「失敬、窓をダメにしてしまったよ。開けておくように言っておいたんだけどね、リトルマウスは気まぐれなご様子だ」

月山は軽やかに病室内に舞い降りる。ホリチエもベッドの下から這《は》い出した。

「あ、あなたは昨日月山君と一緒だった……。どういうことなの！　なんでここに！」

「すまない。先にこちらの話をさせてくれ、どうだいリトルマウス、彼女の仕事ぶりは。彼女はいつもこうやって、夜な夜な気に入らない患者に対して虐待を加えているんだ！」

月山はホリチエに知らしめるように看護師を指さす。看護師は事態を上手《うま》く把握することはできないものの、自分にとって最悪の状況になっていることは気づいたようだ。怯《おび》えたようにカタカタ震え出した。

月山は看護師を見つめたまま、ベッドから布団を剥ぐ。横たわっていた老人の姿が露《あら》わになった。

「内出血の痕《あと》があるね」

看護師の体がビクンと跳ねる。

「しかし、彼は自分がしたことを忘れるように、人にされたことも忘れてしまう。なぜ怪我をしたのかもわからないし、覚えていない。だから周囲は、彼のミスにして勝手に怪我をしたのだろうと、話を終わらせる。素晴らしい筋書きじゃないか、見事だ、ブラボー!」

月山は看護師に向かって拍手する。最後にパン、とひと打ちして動きを止めると、ゆっくり手を開き、老人の内出血した部分を指先でつまんだ。月山が極上の笑みを浮かべる。

「それでは、ディナーの時間だ」

ブチィ、と引きちぎられる音が病室に響いた。月山の指先には、剝《は》ぎ取った老人の皮膚。

「ひっ!」

看護師は引きつった悲鳴を上げる。

「老人の皮膚は珍味といわれていてね。独特の臭みと食感がクセになると一部で人気なのさ」

月山は舌の上にゆっくり老人の皮膚を乗せた。食材の味わいを鮮明に感じるために目を閉じ、舐めとるように口内《こうない》に招いて、ゆっくりと舌先で転がす。そしてじっくり噛みしめ、喉に通した後、カッと目を見開いた。

「十分乾燥しざらついた表皮と、血液に潤いなめらかなその裏側、相反する触感が絡み合い、更には舌をツンと刺激する独特の渋みが至上のハーモニーを奏でるううう――

っ！」

両手を大きく広げ、天を仰ぐように体を反らした月山の目は、紅《あか》く、紅く染まっている。

「う、う、う、嘘……っ」

赫眼《かくがん》。それが煌々《こうこう》と輝いていた。

「……な、なんじゃあ、痛い、痛いぃっ――ッ！」

そこでようやく痛みが脳に伝わったのか、ベッドで横になっていた老人が目を覚ました。

　月山は唇をペロリと舐めてから楽しげに老人に語りかける。

「女性に比べれば男性の平均寿命は短く、九十代男性ともなればぐっと減る！　貴殿《きでん》のような年代物は非常に希少価値が高いのですよ！」

月山は再び老人の皮膚をつまんだ。そして、剝ぐ。

「ひぎぃぃぃぃ！」

「皮膚に粉が吹きまるでパウダーのようだ！　正に珍味！」

「や、やめてくれ、やめてくれぇ……っ」

「老人の皮膚は容易《たやす》く剝がれるから実に心地よいね！　食にいたるまでのプロセスがまたディナーを盛り上げてくれる！」

月山は老人の皮膚をバリバリ剝いでいく。惨劇に看護師は腰を抜かし動けない。なんとか絞り出した声も震え掠《かす》れていた。

「月山君、あなた、あなた〝喰種《グール》〟なの……っ？」

月山は皮膚をゴクリと咀嚼してから答える。

「フッ、僕は〝美食家〟！　究極の食を求道《ぐどう》する者さ！」

パニックに陥った老人はベッドから転がり落ちる。そのまま床に這《は》いつくばるようにして、看護師に手を伸ばした。

「た、助けてくれ、助けてくれぇ……」

伸ばした手の皮膚は月山にむしられ、筋張った肉が見えている。

「助けてくれ、なんでもする、なんでもやる、金か、土地だってあるぞ⁉　頼む、頼むぅ……」

枯れ木のように細い腕、涙を零《こぼ》し、救いを求めて懇願する老人。指先が看護師の眼前に伸びる。

看護師はごくんと唾を飲みこみ、歯を食いしばった。

「――あっち行けよ、クソジジィ！」

看護師はそんな老人の体を座りこんだままの状態で、思い切り蹴りつけた。

その瞬間、明かりの消えた病室に閃光のような光が走る。病室を照らしたのはカメラのフラッシュ。そしてこの場にはそぐわない異質なシャッター音。

ホリチエは看護師が老人を蹴りつけた瞬間を写真に収めたのだ。

「エキセントリック！　最後まで魅せてくれるね！」

月山はホリチエに賞賛の言葉を与えながら素早く手を伸ばした。そして、彼女のパジャマの襟首をつかみ、自分の目線の高さまで軽々と持ち上げる。

「他人がどれだけ苦しもうとも意に介さぬ自分至上主義、嫌いじゃないよ！　僕は思う、結局、人がこうまで繁栄できたのは生に対する執着と、善人の仮面を身につけ、我が身のために他者を偽り、容易く裏切る残虐さにあると！　だが……」

月山は彼女に向かって笑いかけた。

「――お遊びはここまでだよ……!!」

そう言って、月山はホリチエの体を窓の外へと突き出す。手を離せば地上へ真っ逆さま。そこにあるのは〝確実な死〟だ。

建物に沿うように風が吹き抜けていき、部屋のカーテンがはためく。混沌としていた病室に、仮初《かりそ》めの静寂が訪れた。

「答えたまえ。今、君の瞳には何が映っている？」

愉悦《ゆえつ》の笑みを潜め、すべてを暴き立てるように、見極めるように、彼女に語りかけながら、月山は彼女をつかむ手の指を一本外した。

「湧《わ》き上がる恐怖、こみ上げる絶望。世界は色をなくし、心は凍りついていく……」

息苦しいのか、ホリチエの足がパタパタと動き、反動で彼女の体が小さく揺れた。

今、彼女がとれる選択肢なんて限られている。逃れようと必死で暴れ出すか、無様《ぶざま》に命乞いを始めるのか、そのどちらかだろう。

なんにせよ、飄々《ひょうひょう》としていた彼女の奥底、感情という名の見取り図がようやく浮かび上がってくるはずだ。

月山はもう一本指を外す。

——さぁ、お前は何者だ？

この手を離れて冥府《めいふ》の門を叩くまであと僅《わず》か。月山はホリチエの言葉を待った。

「…………⁉」

しかし月山が予想した言葉は何一つ返ってこなかった。彼女はスッと空を見上げた後、視線をこちらに合わせてファインダー越しにカメラを手に構えたのだ。

そして、ファインダー越しに月山を見つめてから、シャッターを切る。

「んー……、いいね」

この、死が迫る極限の瞬間までも、彼女は普段と変わらず写真を撮ってみせたのだ。その事実に、月山の肌が粟立った。

彼女はすべてを犠牲にしてもかまわない人格破綻者ではない。彼女にとってはすべてが同じフィールド上に存在する生きもの。倫理など超えた価値観でそれらを平等に見つめていた。人間と〝喰種《グール》〟の境もなく、犬や猫、鳥や魚までもがすべて同じ。だから、ありのままを受け入れ、己の好奇心のままに駆け、自身が高揚する写真を撮り続けていた。限りなく純粋で、これ以上なく本能的な生き方だ。

その精神は、美食を求め飽くなき挑戦を続ける自分に似ているのかもしれない。

「……面白いじゃないか！」

月山は彼女の服をつかみ直し、グンと引き上げ病室へと戻らせた。

「おっとと」

宙にぶら下がっていたせいで平衡感覚が乱れたのか、床に下ろしたホリチエはよろめき倒れそうになる。しかしすぐに持ち直して二本の足でしっかり立つと言った。

「……あ、生きてる。ラッキー」

九死に一生を得たというのに、軽い調子で生還を喜ぶ彼女。月山はハッとひらめいた。

「なるほど、わかったよ！　君は愛玩動物なんだ！」

答えを見い出して喜ぶ月山。ホリチエは、「ええ？」と訝《いぶか》しげな表情を浮かべている。

「どうしてこうも食指が動かないのか不思議に思うほどだったが、人がペットを飼うのと同じだと思えば説明がつく！　リトルマウス、君を今日から僕のペットにしてあげるよ！」

「え、やだよ」

ホリチエはあっさり断わり、撮った写真の確認を始めた。

「これが擦り寄らぬ猫に魅了される人間の感覚か、実に興味深いね！」

月山は気にせず、ホリチエの頭をポンポンと叩く。こうやって見ると、大きさも手頃で飼いやすそうだ。

「……あ、それより月山君、ブログの予約投稿って知ってる？」

ホリチエがカメラから手を離し、月山を見上げてきた。急激な話題転換だ。

「もちろん知っているさ。先に記事を書き、アップしたい時間に予約設定して投稿する機能だろう?」

「そうそう。実はこの前撮った月山君の食事シーン、一時ちょうどにアップされるように設定してるんだ」

一目で〝喰種《グール》〟だとわかる残虐な写真、それを、ネット上に上げるつもりだというのか。しかし彼女は月山を脅す気も、陥《おとし》れる気もないらしい。

「万が一死んじゃって死体が見つからないーってなったら流石《さすが》に嫌だから設定しておいたんだ。犯人は晴南学院大学附属高等学校の生徒、月山習《しゅう》君でーす、捜索よろしくって。生き延びたっぽいから予約投稿削除しとかないと」

無駄が多いように見えて合理的、愚かなように見えて賢く鋭い。

ホリチエはつい先ほどまで自分が投げ出されていた窓の外を覗きこみ、少し離れた場所にあるツツジの木を指さす。どうやらあそこに荷物を隠しているようだ。

「あ、でも、どうやってここから出ようか。病院の中を堂々と通って出て行くわけにはいかないよね」

そこまで考えてなかったなと、ホリチエはこめかみを人差し指でグリグリ押さえる。それを見た月山は声を上げ笑い出した。

これらのことをすべて打算なく自然体で行う彼女は、もはやどのカテゴリーにも属さない、〝掘ちえ〟という唯一無二の生物だ。

「――さ、それではここら辺でお暇《いとま》しようか」

収穫は十分。ここにはもう用はない。

「およっ？」

月山はホリチエを脇に抱えると、窓枠に足をかけた。そして、ヒィヒィ泣いている老人の向こう、息を殺すようにしてうずくまっていた看護師を振り返る。月山の視線に、彼女がびくりと震えた。

月山は、彼女に向かって微笑みかける。

「貴女と僕達は良い〝友人〟になれそうですね」

「え……」

意味がわからず戸惑いの声を上げた彼女。月山はそれ以上語らず、窓から軽やかに飛び下りた。

「なんなの……どういうことなの……」

己の命を脅《おびや》かす脅威は去った。しかし、看護師の震えは未だ止まらず座りこんだままだ。あまりのことに動揺しすぎて体が動かない。

先に立ち上がったのは、こともあろうに床に這いつくばっていた老人の方だった。しかしすぐにまた倒れ、「痛い、痛いィ……！」と泣き始める。

老人の無様な姿を見て幾らか冷静になった看護師は、壁に手を突きゆっくり立ち上がった。今はとにかく、ナースステーションに戻り、〝喰種《グール》〟のことを報告しなければ。彼女は病室のドアへと手を伸ばす。

「忘れんからなぁ……ッ」

そこで、老人の地を這うような声が病室に響いた。看護師は驚き彼を見る。

「お前にされたことすべて、忘れんからな……！」

皮を剝がれ、いたる所から出血した老人は、鋭い眼光で看護師を睨みつけていた。

「お前がワシを殴り続けてきたこともすべて暴露してやる！　ろくに人の面倒も見きらん小娘がァァァ――！」

プツンと、何かが切れる音がした。極限の状況にまですり減っていた〝何か〟が。

看護師はドアに伸ばしていた手を下ろし、無言のまま老人の方に引き返す。

老人のすぐ傍を通り過ぎると、白衣のポケットから常備してあった手袋を取り出しはめた。

彼女の足が止まったのは、棚の前。甘い匂いをまき散らす果実の傍、ひっそりと置いてあった果物ナイフを取る。

「な、なんじゃ……」

看護師は老人を振り返った。

部屋に入りこむ僅かな月明かりが、ナイフの切っ先を照らした。

五

大学病院の一件から数週間経った平日放課後。学校近くの喫茶店で、月山はコーヒーを飲んでいた。その正面にはクレープをガツガツ食べるホリチエがいる。

「そーいえば、事件のその後見た？」

満腹になったところでホリチエがノートパソコンを開き、カタカタとキーボードを打った。彼女はそれをクルリとひっくり返してこちらに見せてくる。

そこには「患者惨殺、大学病院での惨劇」というショッキングな見出しの記事。被害者は九十四歳の男性患者だ。

皮膚が剝がれた程度であれば、迅速な対処で一命はとりとめていたはず。なのに、〝惨殺〟で、〝死亡〟だ。

「罪をなすりつけられてしまったようだね。僕は哀しいよ」

記事には、『夜勤巡回中の看護師が〝喰種《グール》〟から患者を守ろうとしたが、自分も襲われ怪我をし、気を失った』と記されている。

ホリチエはパソコンを戻しながら、「元をたどれば月山君のせいじゃん」と返した。

「彼女は元からそういう残虐性を秘めていたのさ。感じ取っていたよ」

月山の言葉を聞いて、ホリチエはデジカメのデータを遡《さかのぼ》り、老人に抱きつかれた時の看護師の写真をもう一度見ている。

そこには、笑顔を絶やさないといわれていた看護師が、まるで虫けらでも見るような目で老人を睨みつけている姿があった。

「あ、それでね。私、この看護師さんに会ってきたんだー」

「君もいい趣味をしている」

看護師にとっては決定的な瞬間を撮られた相手。場合によってはホリチエに危害を加える可能性だってあるのに、相変わらず彼女は危ない橋を平然と渡る。

「なにせ、『勇敢な悲劇の看護師』だから、病院で同情を一身に集めているみたいで」

「ほぉ？」

「おかげで、ずっと片思いしてたお医者さんともつき合うことになったんだってさ。彼女、月山君に感謝してたよ。月山君は、神様のようだって」

世界は残酷だ。善行が人を助けるとは限らないし、悪行が幸福を殺すばかりではない。だからこそ面白くもある。

「悲劇の女王ほど強いものはないからね」

月山は唇についたコーヒーを舐めとるように舌なめずりをして、言った。

「……彼女が幸福にフランベされる時が待ち遠しいよ」

だけど足りない、こんなものでは物足りない。

己の舌が求めている。自分を夢中にさせる至上の〝美食《幸福》〟を。

いつかきっとそれに出会える、そんな予感を胸に、月山はいっそう笑みを深くする。
それを見たホリチエは、カメラを構え、シャッターを切った。

#004
「上京」

東京【日々】喰種

T O K Y O G H O U L

願い奏でて町を行く。いつかこの音が届く世に。

一

「そんじゃ、そろそろ行くわ」

発車前の新幹線ホーム。背中に相棒のギターを背負い、両手に大きな荷物を持った青年が一人いる。見送りに来た友人達は、頑張れよと彼の肩を叩いた。

桃池《ももち》育馬《いくま》、二十歳。ミュージシャンを志望し、これから東京《とうきょう》に上京する。

「……母さん」

イクマは、輪から離れ後方で悲しげな表情を浮かべて佇《たたず》む母親に声をかけた。しかし母は一歩も動こうとはしない。イクマは母親の近くまで歩み寄る。

「自力で頑張るから、心配せんで」

そこで発車のベルが鳴った。イクマは慌《あわ》てて新幹線に乗りこむ。ドアが閉まり、新幹線はゆっくりと動き出した。

「応援しとるからな！」

「頑張れよー！」

大きな声で見送ってくれる仲間達。涙を浮かべて手を振る母親。

やがて駅のホームは小さくなり、住み慣れた町が遠くなる。

イクマは仲間や母親の顔を思い出して一人涙ぐんだ。

桃池育馬、〝喰種《グール》〟である。


「うわ、すッご……」

東京に到着したイクマは、人の多さに圧倒された。時折、好きなアーティストのコンサート目当てで東京まで来ていたが何度来ても萎縮する。

しかも、今までとは違い、今日からここに住むのだ。

イクマは気合いを入れ直すように頬を叩き、いそいそと電車に乗りこんだ。

地元でもそうなのだが、大抵、土地の中心には気性の荒い連中も集まって来る。人間もそうだし、〝喰種《グール》〟だって同じだ。国の中心である東京であれば、喰種《グール》人口は多いだろうし、想定外の事態も起きるかもしれない。東京には自分達を殺すプロフェッショナル、〔CCG〕の本部だってあるのだ。巻きこまれるのはごめんだった。

「よーっしゃ、着いた」

イクマが住居に選んだのは、都心からはさほど離れていない、比較的のどかな20区だった。緑が多く、所々に畑もあって、少し地元に似ている。

近所には上井《かみい》大学という大学があり、同じ年頃の人間も多く住んでいるため、カモフラージュになるだろう。

しかし、家の狭さには辟易《へきえき》した。実家に比べるとずっと狭いのに、家賃はべらぼうに高い。それでも今日からここが自分の城。まずはしっかり家賃と光熱費を稼げるようにならなければ。

イクマはケースからギターを取り出した。高校の頃、バイトで稼いだ金で買った大事な相棒だ。イクマは指のストレッチをしてから好きなアーティストの音楽を弾き始める。

「おい、うっせぇぞ！」

しかし、隣人が壁を殴って怒鳴りつけてきたので、イクマは慌てて演奏をやめ、壁越しに「す、すみません！」と謝る。時計を確認すると二十三時。怒られて当然だ。

「……さっそく都会の洗礼受けちまったな……」

こうしてイクマの少しょっぱい東京デビュー初日が終わった。


次の日からイクマは求人雑誌を購入し、バイトを探した。選んだのは引っ越し業者のバイトだ。なにせ自分は〝喰種《グール》〟、人より数倍腕力がある。

そしてもう一つ、イクマには生きていく上で絶対にやっておかなければならないことがあった。それは、〝食糧の確保〟だ。

母がくれた『弁当』は多少あるがいつかは必ずなくなるもの。地元を離れて一人暮らしを始めた以上、自力で食料を調達できるようにならなければならない。

イクマは黒の目立たない服に着替え、リサイクルショップで購入した安い自転車をこぎ、夕暮れ時の町を走った。

「おっし、着いたぞ」

ようやくたどり着いたのは、自殺の名所と名高い高台。二時間近くかかったため、辺りは既に真っ暗で人影もない。

見晴らしの良いその場所から覗きこめば、二十メートルほど下に木々が茂っていた。イクマはスン、と鼻を鳴らして匂いを嗅《か》ぐ。

「……ダメかぁ……」

ここで死体の調達ができればと思ったのだが、血の臭いも死臭も漂っては来ない。

だが、簡単に諦めるわけにもいかなかった。

イクマはその日から、バイトが終わるたびに高台を目指した。往復四時間はなかなかの重労働ではあったが、その間、歌詞を練り、メロディを脳内で奏でて、歌を歌えば、さほど辛くはない。

「おいおい、勘弁してくれよ……」

しかし、来る日も来る日もハズレばかり。無駄に日数ばかりが過ぎていく。気がつけば、上京して一か月近く経っていた。


「うっわ、いよいよヤバイわ……」

母がくれた弁当は完全に底を尽き、冷蔵庫の中は空っぽだ。イクマは気怠《けだる》い体を引きずるようにして外に出る。

「場所変えた方がいいんかなぁ。やけど、場所変えた途端、誰か来たりしたら嫌やなぁ……」

結局今日も、いつもの高台に向かって自転車をこぐ。丘の中腹にさしかかり、今日もダメだったら他の場所も考えよう、そう思った時だった。

「……！」

ふわりと頬を撫《な》でていった風に、イクマは自転車を急停車させる。

「臭《にお》う」

――死臭がする。

イクマは思い切りペダルを踏みこんだ。自転車が坂道をぐんぐん登って行くが、それではもどかしい。

「……こっちだ！」

イクマは自転車を脇に停めると、全身に力をこめ、走り出した。眼球が一気に赤く染まり、四肢《しし》は呼応するように力を持つ。自分の中に眠る本性。ひとたび土を蹴れば数メートル先まで飛ぶ。

「……車だ！」

いつも人気《ひとけ》のない高台に、今日に限って車が停まっていた。車内に人の気配はない。匂いは更に強くなり、予感が確信へと変わる。イクマは勢いをそのままに、高台から一気に飛び降りた。

「……あれ、ない！」

ところが、転がっているだろうと思っていた死体がなかったのだ。土の上に血痕があり、何より匂いが強烈なのに、どこにも見あたらない。

「な、なんで？」

暗闇の中、懸命に周囲を捜索する。まさか他の〝喰種《グール》〟が匂いを嗅ぎつけ、持って行ってしまったのだろうか。イクマはわけがわからず天を見上げる。――そこに、自分を見つめる目があった。

「ひっ……！」

イクマは思わず尻もちをつく。

かっと見開かれた瞳、血まみれの唇、体に突き刺さった木の枝。まるでモズのはやにえのように木からぶら下がる男の死体。年は五十代そこそこか。飛び降りた時は、こんなことになるなんて思いもよらなかっただろう。

「な、なんて死に方してんスか……」

イクマの言葉に無論、返答はない。イクマは腰を押さえて立ち上がると、男をじっと見上げた。

「……なんで死ななきゃいけなかったんやろ……？」

イクマはそっと手を合わせ、男に黙禱《もくとう》をした。それから、土を蹴って跳躍し、木の上に登る。

「ちょっと痛いですよ、すんません」

イクマは男が突き刺さった木の枝に体重をかけるようにして折って男を地面に落とすと、草の上に転がった彼の体から枝を引き抜いた。開ききった目と、絶叫するように開いた口も閉じてやりたかったが、そこまですると不審に思われるだろう。

イクマは改めて死体を見る。右腕の損傷が激しく今にもちぎれてしまいそうだった。

「ほんっと、すみません」

イクマはまた手を合わせ、男の体から右腕をもいだ。この程度なら、タヌキがくわえて持って行ったと思われるだろう。

もぎ取った右腕をビニール袋の中に入れて、布で覆い、カバンの中にそっとしまう。イクマはもう一度男に手を合わせると、その場を去った。

「……早く処理しないと」

家に帰り着くなりイクマはその腕をまな板の上にのせ、包丁を握った。肉をそぎ落とし、ミンチ状にして、団子のように丸める。その後、骨と一緒にお湯の中に投入して、ゆで上がった頃、鍋から取り出した。

「あー、旨そう」

しかし今すべて喰べてしまうわけではない。冷めた肉団子はすべてラップで包み冷凍庫の中に入れる。

食卓の上に置いたのは骨と、カップ一杯分のゆで汁だけ。

「頂きます」

イクマは両手を合わせ、深々と礼をしてからまずはゆで汁を飲んだ。

「旨い……」

今度は、骨にへばりついた肉を囓《かじ》るようにして喰べる。ガリゴリと囓り取り、すべて綺《き》麗《れい》になる頃には腹が満たされていた。自分が小食で良かったと思える瞬間だ。

この骨はもう一度洗って乾燥させてから、ハンマーで叩き割り、骨粉にする。

これでしばらく保《も》つだろう。

安堵に胸を撫で下ろしたイクマだったが、それと同時に無常観がこみ上げた。

「傍に助けてくれる人、おらんかったんやろうか」

冷蔵庫をじっと見つめ、一人呟く。だけど、そんな人々の悲劇を自分は喰らっているのだ。

「ハイエナやなぁ、俺……」

昼はバイトに勤《いそ》しみ、夜は死体漁《あさ》り。空《あ》いた時間は公園や駅前広場で歌を歌って時間を過ごす。本当はどこかの事務所のオーディションを受けたいが、東京に馴染《なじ》んでから行動しないと、どこでボロが出るかわからない。

この町自体には少しずつ慣れてきた。喫茶店が多いのか、町を歩いていると、あちらこちらからコーヒーの良い香りが漂ってくる。まだ金銭的に余裕はないが、いつか落ち着いたら、店でコーヒーでも飲んでみたいものだ。

ただ、懸念が一つあった。美味しいコーヒーがある喫茶店に、〝同種〟が集まっていないかということだ。

「……あ、まただ」

バイトが終わり、自転車で帰宅中、ふわりと香ってきた同種の匂い。「あんていく」という喫茶店の前を通ると、いつも〝喰種《グール》〟の匂いがする。もしかするとここは、〝喰種《グール》〟

のたまり場だったりするのだろうか。

イクマはブルリと震えて逃げるようにペダルを強く踏む。

「あんま近よらんようにしよ……」

二

東京での暮らしは、比較的順調だった。バイト先での人間関係も円滑だし、食料も定期的に確保することができる。それだけ、自殺者が多いということだが。

その日も自転車をこいで、高台へと向かっていた。喰場《くいば》に近づくと、死臭が漂ってくる。

「また死んでんのかぁ」

食事にありつけるのはありがたいが、憂鬱にもなった。イクマは高台に自転車を置き、斜面を下りて行く。

そこには、若い女性の死体が転がっていた。

「なんで死んだんやろ、この人も……」

血まみれの死体を前にポツリと呟く。死ぬ直前に会えたら止めたのに。実際、そうして自殺を踏みとどまらせたことも何度かあった。

しかし感傷に浸っている場合ではない。早々に作業を終わらせないと。イクマは彼女に手を伸ばす。

「最近、ここらを荒らしているのはお前か」

自分と死体だけの空間に、突如割り入ってくる声。驚き振り返った時には、フードを深く被った男が一人立っていた。年は二十代後半から三十代あたりだろうか。顎髭《あごひげ》を生やし、長めの前髪を頬に垂らしている。

――〝喰種《グール》〟だ。

どうして彼が潜んでいることに気づけなかったのか、想像するに容易《たやす》い。相手の方が一枚も二枚も上手だからだ。

「……くっ」

イクマは、死体をそのままに高台への斜面を蹴った。なんとかこの場から離れなければ。しかし上りきる直前、視界に影が落ちる。

「………!」

既に男は高台を駆け上がり、自分を待ち伏せるようにして立ちはだかっていた。虚を突かれた直後、男の裏拳《うらけん》が顔に入り、あまりの強さに崖下まで落下する。

「……っ」

反射的に受け身は取ったが地面に体を打ちつけ、頭がクラクラした。男は無言のままこちらに歩み寄って来る。息の乱れ一つない。

――敵わない。本能的にそう悟った。

「……すみませんでした！」

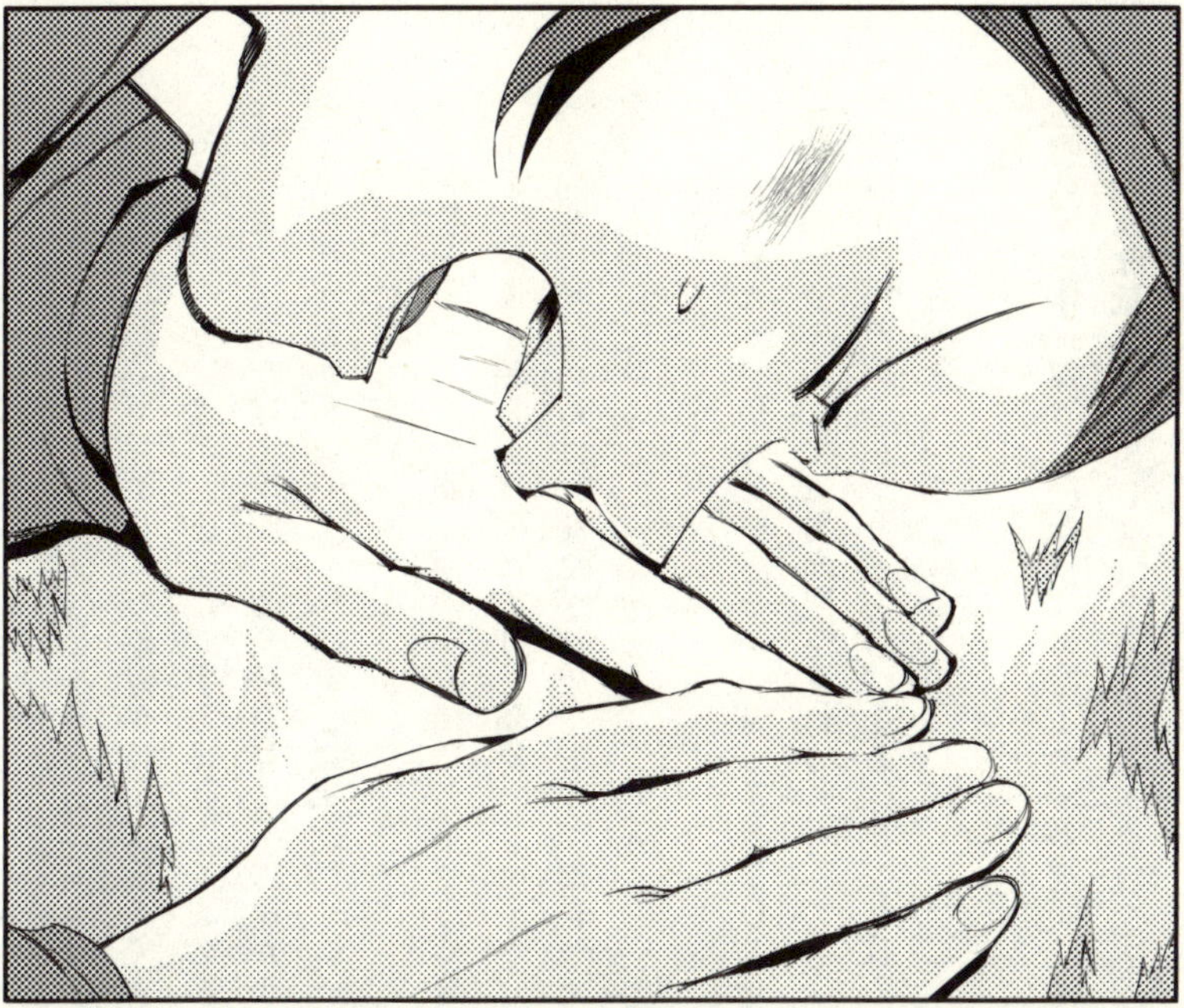

イクマは体をくるりと反転させると、土に手をつき頭を下げる。

「俺、上京したてで、こっちの慣習がわかんなくて！　誰かの縄張りだって知らなかったんです！　もう二度としません、すみません！　お願いです、見逃して下さい！」

額を土に擦《す》りつけ土下座する自分を見て男の足が止まった。

「……慣習がわからない？　いつここに来た」

「さ、三か月前くらいです」

「三か月……？　その間、他の〝喰種《グール》〟とまったく接触していないのか？」

イクマは怖々顔を上げ、こくりと頷く。

「こっちに来てからはあなたが初めてです。何言ってんだって思うかも知れませんが、俺、極力、人間側で暮らしたいんです……。だから、〝喰種《グール》〟とは深く関わらないようにして……」

イクマの言葉が意外だったのか、男は考えこむような仕草を見せた。断罪を待つ罪人のような気分で、イクマは男の返事を待つ。

男はイクマの顔をじっと見つめ、なるほど、と呟いた。

「……研《ケン》と話が合うかもしれない」

「〝研〟？」

研とは一体誰のことだろう。男はイクマの疑問には答えず、コートのポケットからチラシのような紙を取り出し渡してくる。そこには、「あんていく」という喫茶店の名前と住所が書かれていた。

「これ……」

いつも〝喰種《グール》〟の気配がしていた喫茶店だ。

「20区のことはここが仕切っている。〝喰種《グール》〟達の情報交換の場としても活用されている場所だ。一度は足を向けた方がお前にとってもいいだろう」

今日は見逃してやる。そう言って、男は去って行った。

残されたイクマは、チラシと女の死体を交互に眺め、しばらくその場から動けなかったが、結局、女の死体に手をつけることなく、逃げるようにその場を去った。

三

謎の男に出会ってから数週間。イクマは空腹だった。保存食である骨粉《こっぷん》を入れた調味料入れを口のすぐ傍で上下に振るが何も出てこない。ついてないことに給料日前で金もなく、コーヒーを購入することさえできなかった。

結局、「あんていく」には行っていない。この期《ご》に及んで、〝喰種《グール》〟と関わるのが怖いのだ。

しかし、縄張りがあると知った以上、今までのように気安く死体を漁ることはできなかった。

「ヤベェやろ……。あんな奴ばっかなのかよ、東京……」

男の圧倒的な強さを垣間見た今、東京の〝喰種《グール》〟に対する恐怖心は膨らむ一方だ。そこでぐるるる、と腹が鳴る。このままでは飢えてしまう。

「……母さん」

母に頼めば肉と金を送ってくれる。そうすれば、まだ東京でやれる。イクマは思わずスマートフォンを握りしめた。親指が震えながら画面に近づく。

「……っ」

しかし、すんでのところで放り投げた。なんのために東京に出て来たのか。自分の力で頑張るのではなかったのか。そもそも、もうこれ以上、母に〝罪〟を押しつけるわけにはいかないのだ。

家にいても空腹にばかり意識がいく。イクマはギターケースを肩にかけ、外に出た。

時刻は十八時。帰宅者であふれかえる駅前の広場に腰を下ろし、自作の歌を披露する。ジャンルはフォークソング、母が好んで聞いていた音楽だ。

イクマが歌うのには理由があった。自分は人に紛れ、人のようにありたいと願いながら、人の哀しみを喰らって生きている、喰種《バケモノ》。時々、自分の運命に負けそうになる。矛盾に押しつぶされそうになることもある。だから気持ちを歌詞につづり、歌にすることで精神の均衡を保っているのだ。

やれる、できる、頑張れる、負けたらダメだ、生きるんだと。

叶うことなら、この歌が誰かの励みになればいい。〝喰種《グール》〟である自分でも、人間の支えになれるのだと思いたい、信じたい。この世界の歯車の一つになりたい。

歌ううちに声の調子も上がってきた。気分の高揚が空腹の飢餓感を打ち消してくれる。

そこに一人の客が来た。

客は自分と同じか、少し下くらいの青年で、短い茶の髪が逆立っている。彼は自分の真正面に腰かけると、歌に耳を傾け始めた。

客がいた方が俄然歌いやすい。イクマは東京に来てから作った曲を披露する。

――……神様はそこにいるよ、見失わないで。

自ら命を断つ人々を見て思う。誰か、何か一つでも、彼らを繋《つな》ぎ止めるものはなかったのかと。本当はすぐ傍に、大事なものがあったのではないのかと。

その肉を喰らう自分がそんなことを思うのは、お門違いにもほどがあるなんてわかっている。だけど思わずにはいられない。目をこらせば耳を澄ませば、自分を救ってくれる存在が、神様が、いるのだと。

「……神様、か」

黙って歌を聴いていた青年が、そこにだけ反応した。神様がいたらいいのに、そう言っているように聞こえた。神に助けを求めたくなるような状況なのだろうか。

「何か悩みでもあんの?」

歌い終えたイクマはいったんギターから手を離し、青年に声をかけてみる。彼は一瞬無

反応。だけどすぐ気がついて、慌てて拍手してきた。しかしすぐに視線が落ちる。

青年はしばし黙りこんでから、ポツリと零《こぼ》した。

「ダチが大変そうだから力になりたいんだけど、たいしたことできなくて」

何があったかはわからないが、彼は自分の無力さを嘆いているようだ。神様がいるなら助けてほしいっすよ、と続けられた言葉が妙に切ない。

――友達、か。

イクマは地元の友人達を思い出す。

「別に、いいんじゃないの？　でっかいことしようとしなくても」

イクマには友人はたくさんいた。人間の友達も、僅《わず》かではあるが〝喰種《グール》〟の友達もいる。だけど東京に来てから、まだ一人も友達と呼べる人はできていない。

下らないことで笑って、下らないことでケンカして、当たり前のように隣にいた友人達がいないのは思いのほか堪《こた》える。一人きりの生活は寂しくて、夜になると少し泣けた。だから今、友達は一緒にいてくれるだけで十分なのだと実感している。

「友達がいてくれるだけで安心できることってあると思うし、それに勝るものってないと思うな」

それを、言葉を選びつつ、青年に伝えた。

説教くさかっただろうかと心配するイクマだったが、青年は言葉を嚙み砕き自分の胸に刻むように頷いてから、

「なんか元気出てきました！」

と靄《もや》が晴れたように笑顔を浮かべる。笑うと幼く見えた。

——なんか俺、こっち来て初めて誰かの役に立てたかも。

青年は礼に金を渡そうとしてきたがイクマはそれを断わった。孤独だった東京生活に光が差したようで、自分自身もやっと前向きになれたのだ。十分すぎる報酬だろう。

だけど青年はそれでは気が済まないようで、何か渡せる物がないかとカバンの中を漁っている。

「あ、そうだ！」

彼は何か思い出したようで、ジャケットのポケットを探る。取り出された物を見て、イクマの表情が輝いた。

缶コーヒーだ。しかも無糖ブラック。

食事を手に入れることができず、金も尽きて空腹に唸《うな》っていた自分にはこれ以上ない贈り物じゃないか。

「すっげー助かる！　神様や」

イクマは笑って缶コーヒーを拝むように捧げ持つ。

「また聞きに来ます！　今度はダチを連れて来ますね！」

そう言って、青年は駆けて行った。

——あんなふうに真剣に悩んでくれる友達がいるなら、彼の友人は幸せ者だ。

「……お」

青年に気を取られていたが、いつの間にかギャラリーが集まっている。イクマはギターに手を添えると、再び歌を歌い始めた。

駅前で歌って数時間。あの青年をきっかけに客が増え、たくさんの人が自分の歌を聴いてくれた。気前のいい人が何人かいたようで、臨時収入も六千円近くある。これでコーヒーを買いまくって飢えを凌《しの》ごう。

東京は怖いイメージだったが、あんなに気のいい者もいるのだ。なんとか食料入手の方法も考えて東京で頑張っていこう。

駅から少し外れた人気《ひとけ》のない道を進みながら、イクマは青年に貰った缶コーヒーのタブを開く。ふわりと漂うコーヒーの香りが嗅覚に優しい。その匂いを嗅《か》いだだけで、味を感じられるほどだ。

イクマは缶コーヒーをそっと口元に運ぼうとした。

「こんなところで〝喰種《グール》〟に出会えるとは僕はついているっ！　祝福されているといっても過言ではないかもしれない！」

声は突然だった。

「……っ⁉」

振り向くよりも早く缶コーヒーを持つ右手に衝撃が走る。次いで、何が起きたかわからないイクマの脇腹に強烈な痛みが走り、そのまま倒れた。

「な……っ」

地面に落ちた缶コーヒーが小さな染《し》みを作り、背負っていたギターもその近くに転がっている。遅れて広がった痛みの感触に自分が何者かに蹴り飛ばされたことを悟った。

「〝喰種《グール》〟ならばそんな安っぽいコーヒーではなく、サイフォンで丁寧に抽出したものを飲んだ方がいい」

身の危険を感じて起きて逃げ出そうとした自分の頬に、今度は拳が入る。

「……っ……っ！」

吹っ飛ばされて、また地面の上を転がった。

「ど、して……」

そこでようやく、イクマは相手の姿を確認する。それは、映画俳優やモデルのように容姿が整った男。見た目だけでいえば、暴力を振るうタイプにはまったく見えない。

だけど、赤く色づく赫眼《かくがん》と、愉悦《ゆえつ》の笑みを浮かべる唇が、桁外れの危険人物であることをイクマに知らしめた。

「聞いてほしい！　実は明日、待ちに待ったご馳走にありつけるのだよ、何年もの月日をかけて最上の状態まで極めたんだ！　この胸の高鳴り、君に伝わるだろうか、ぜひとも伝えたいっ！」

イクマにとっては意味不明な言葉の羅列だ。

そもそも男には理解させる気はないのかもしれない。ただその激情を叩きつけることができれば、それで満足なのでは。

「……っ！」

イクマのみぞおちに、今度は男の踵《かかと》が入る。

「ギャ……ッ！」

バキリと鈍い音がして、あばらが数本折れた。

「わかるだろう、この僕のほとばしるパトス！　だけど分かち合うためには人間では脆《もろ》すぎる……〝喰種《グール》〟でなければ、容易《たやす》く壊れてしまう！」

「あんていく」のチラシを渡してきた男とは違う。確実に嬲《なぶ》り殺《ころ》すための攻撃。男は自分を見下ろしながら言った。

「……失礼自己紹介が遅れた。僕の名前は月山習《つきやましゅう》、覚える必要はないがね！」

月山は跳躍すると体を捻《ひね》り、加速させた右足でイクマの心臓を狙った。

「おっと？」

そこで、金属を打つような鈍い衝撃音。月山の踵がそれに動きを阻まれる。

「っは、っは……」

口から額から血を流すイクマの左腕には、亀の甲羅のように分厚い甲赫《こうかく》が出現していた。

西洋の盾を彷彿させるそれは月山の一撃をなんとか凌いでくれたようだ。

「なるほど、君も甲赫《こうかく》か」

月山はイクマの赫子《かぐね》を値踏みするように眺めてからにやりと笑う。

「ならば僕の赫子《かぐね》もご覧に入れよう――！」

月山の背後から禍々《まがまが》しい気配があふれ出し、それが渦を巻くように月山の腕に絡みつく。

「どうだい！」

ドリルのような形状と、目視で十分感じる重量感。これだけの赫子《かぐね》を出現させ、維持できるなんて。

突きつけられた残酷な現実。共に同じ甲赫《こうかく》、ならば勝つのはいたってシンプルに、――強い方。

「ほおぉら！」

月山の赫子《かぐね》が自分の顔を目がけて迫って来る。

距離を取るべく後方に飛んだが、相

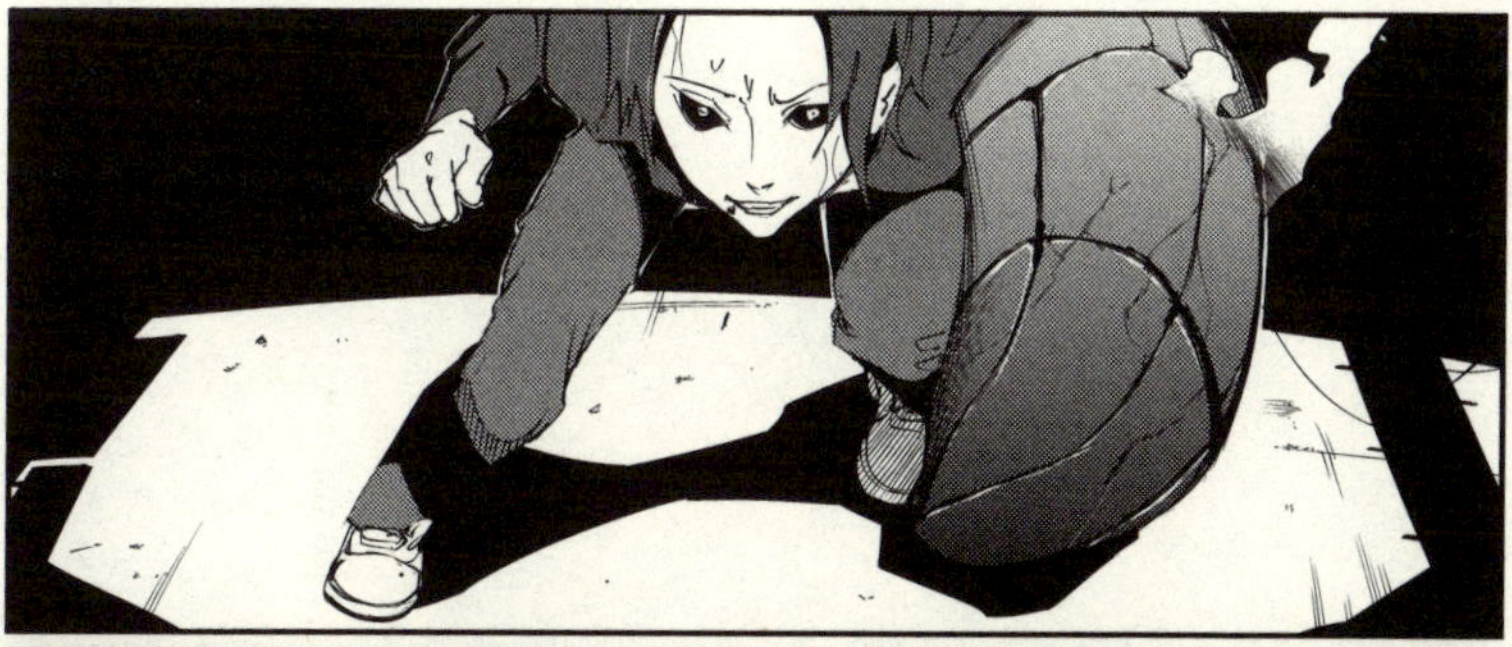

手の赫子《かぐね》はその厚みから想像できないほどしなやかに、そしてバネのように伸びたではないか。

「ぐっあああ！」

咄嗟に己の赫子《かぐね》で身を守ろうとしたが、一撃の重みに耐えきれず弾かれ、肩を貫かれる。

捻るように肉を貫く感触に悲鳴が上がった。

イクマの体が浮き上がり、一気に落下する。

……死ぬ。

それ以外の道がもう見えない。

「……ッ⁉」

しかしイクマの体をコンクリートの無情な痛みは襲わなかった。代わりに、ベキッと何かが折れる音がする。自分のクッションになったそれ、イクマは瞬時に察した。

「ギター――……ッ！」

「……ギター？」

そこで、月山の攻撃がやんだ。

イクマは起きあがり、自分の下敷きになったそれを確認する。

「嘘だろ……ッ！」

開いたギターケース。その中で地元から持ってきた大事なギターが壊れていた。ボディーとネックの部分が折れ、損傷が激しく、これでは弾けない歌えない。

「うわあああああ――……ッ!!」

イクマはギターを抱きかかえうずくまる。

「……君のギターなのかい?」

そこで、月山が近づいた。

「もう、やめてくれエエ――っ!!」

イクマは再び赫子《かぐね》を出現させ、月山に体当たりする。

「――っと、落ち着きたまえ、今僕も状況判断しているところだよ!」

月山はするりと攻撃を避けてしまった。イクマはまた地面に転がりこむ。

「は、はっ……」

赫子《かぐね》は消え、もう戦える状態ではない。

「……あれー、月山君、人の楽器壊しちゃったの?」

だからそんな声が届いても、現実のものとは思えなくて。この殺戮《さつりく》の現場になんのてらいもなく入りこんで来る少女なんて、幻でしかないはずだ。

「使いこんでる感じのギターだよ。どんな曲弾いてたんだろ」

彼女はギターケースの中を覗きこみ、残念そうに言う。それに月山が反応した。彼は頭を押さえ、天を仰ぐ。

「ジーザス! 僕が……! 楽器を……!? 壊してしまったというのか!」

それと同時に月山の赫子《かぐね》も消えていった。

「掘《ほり》よ、ありがとう、君はいつも僕の目を覚ましてくれる。君くらいだ、僕に親身に寄り添ってくれるのは……」

「別に寄り添ってないけど」

掘と呼ばれた少女は月山の言葉をあっさり否定する。

「ははは、君のジョークはいっそう磨きがかかって面白いね！　ユニーク！」

月山は意に介さず楽しげに笑った。しかしすぐにこちらを向くと眉尻を下げ、懺悔《ざんげ》の表情を浮かべる。

「君にはすまないことをした。まさか君が僕と同じように音楽を愛する者だったなんて……」

彼は異国の紳士のように胸を押さえ頭を下げた。

「楽器にも可哀想なことをした。そうだ、知人の楽器屋に話を通しておこう。そこに行けばなんとかしてくれるはずだ」

月山は、「ここに行って僕の名前を出してくれ」と、財布の中から取り出した名刺をイクマのギターケースに差しこむ。

「瀕死《ひんし》の重傷だが、食事をとればなんとかなるだろう。本来であれば僕が食料を調達すべきなんだが、生憎《あいにく》、明日に備えて準備が忙しいんだ。元気になったら聞かせてほしい、君のメロディを。では失敬」

そう言って、月山は少女と闇に消えていく。残されたイクマは、肩の傷を押さえ立ち上がった。

「……やばい……やばい……」

多量の出血、多大なるダメージをくらった体、こみ上げるのは猛烈な飢餓感。目は爛々《らんらん》と赤く光り、このままでは生きている人間を襲い、殺して喰ってしまう。

――それだけは絶対に嫌だ！

「ど、したら……」

理性が消えつつある脳で、絞り出すように考えに考え、ようやく思いついたのは。

「あんて……いく……」

あれだけ〝喰種《グール》〟を避けてきた自分が、こんなにも〝喰種《グール》〟に傷つけられた自分が、最後の最後に頼るのが〝喰種《グール》〟だなんて、皮肉にもほどがある。

イクマはギターケースを背負い、「あんていく」を目指した。

「は……は……」

一歩踏み出すごとに激痛が走り、一歩進むごとに〝喰種《グール》〟の本能が体を侵食していく。

理性と本能が頭の中でないまぜとなり、気が触れてしまいそうだ。

「……神様は……」

イクマは自分の歌を掠《かす》れた声で口ずさむ。

「そこに、いるよ……」

音が出ず、途切れ途切れだが、それでも必死で。

「見失わ、ないで……」

イクマは角を曲がる。そこに、ようやく喫茶店の姿を見つけた。時刻は遅いが運良く灯りがついている。

なんとかなるかもしれない。そう思った時だった。

「……っ……」

安堵に力が抜けたのか、その場に崩れ落ちる。そしてそのまま、動けなくなった。

「嘘、やろ……っ」

イクマは地面に両手をつき、なんとか起き上がろうとする。なのに力がすり抜け肘が折れた。死を目前にして流れるのは走馬灯《そうまとう》ではない。

——喰いたい、喰いたい、喰いたい、喰いたい、人間が、喰いたいッ!!

貪欲すぎる食への叫び。

「な……んで」

イクマは拳を握り悔しげに呻《うめ》く。

「なんで……なんで俺達は……」

熱い涙が頬を伝っていく。

「人間を喰わなきゃいけないんだ……!」

すべての力を使い果たした。もうここから一歩も動けない。

「あれ、大丈夫ですかぁ？」

そんな自分を、通りがかったＯＬが見つけてしまった。

——旨そうな匂いだ。

ＯＬは怖々こちらに歩み寄ってきてしまう。

ドクン、と心臓が跳ねた。そのままドクドクと脈打ち、体中に血が巡る。〝喰種《グール》〟の血が。

——いいじゃないか、喰べようや。腹へっとるんやろ？　……喰べちまおう。

理性を凌駕《りょうが》した本能に囁かれ、抗《あらが》えない〝喰種《グール》〟の血に浸されていきながらイクマは思う。

——……ああ、これは。自ら命を断ちたくもなる。

そう思ったのと、おそらく同時だったのだろうか。

突然、町にパンパンと何かけたたましい音が聞こえた。ＯＬは驚いたように立ち上がり、

「え、何なに？」

そちらの方角を見る。

「……ロケット、花火……？」

その音が、イクマをこちら側に戻した。背中に背負うギターの重みを感じ、ぐっと歯を食いしばる。

すると、音がした方角から、とてつもなく恐ろしい気配がした。呼吸するのが困難になるほどの悪寒。〝喰種《グール》〟にとって忌《い》むべき何かが、そこにある。

「なんの騒ぎ」

そこで、「あんていく」の店内から、黒髪の少女が飛び出してきた。彼女は禍々《まがまが》しい気配がする方角を見つめてから、こちらに気がつきハッとする。

「トーカちゃん、今のは……」

次いで現れたのは黒髪の青年だった。彼は彼女の視線を追うようにイクマを見て驚愕する。イクマの赫眼《かくがん》が、彼の瞳にはっきりと映った。

「……大丈夫ですかッ！」

彼はこちらに駆け寄り、イクマの赫眼《かくがん》を隠すように手で目を覆《おお》う。

——助かった。

イクマは目を閉じ、そのまま意識を手放した。

四

コーヒーの良い香りが漂ってくる。

匂いに釣られるように目を覚まし、ぼんやりと天井を見上げると、

「……気づきましたか？」

と近くから声が聞こえた。室内には柔らかな日の光が差しこんでいる。

「俺……」

頭を押さえて起きあがろうとする自分を、つき添ってくれていたらしい青年が「まだ寝ていた方がいいですよ」と押さえた。

「ここは喫茶店『あんていく』です。僕は、金木《かねき》研といいます」

「〝研〟……」

それは、自殺の名所で出会った男が言っていた名前だ。この青年のことだったのか。

「体の方はどうですか？」

言われてイクマは、軽く拳を握ったり開いたりした。ちゃんと指先まで動く。あの猛烈な飢餓感も既に消失し、心身共に落ち着いていた。

助かったんだ。イクマは改めて実感する。しかし同時にゾッとした。

〝喰種《グール》〟の餓えが、ああも強烈だったなんて。

あのロケット花火の音が、そして彼らがいなければ自分は親身に声をかけてくれたあの女性を殺し、喰らっていたのだ。

「四方《よも》さんから少し聞きました。〝喰種《グール》〟との関わりは極力避けて、人間社会の中で暮らしているんですよね」

四方とは自殺の名所で会った男のことだろうか。

イクマは改めてカネキと名乗った男を見る。彼から、女の〝喰種《グール》〟と人間の香りが入り交じった、独特の匂いがした。

「あ、話したくないならそれでもいいんです！　すみません、まだ疲れているところに

「……」

黙りこんでいるイクマを見て、カネキは申し訳なさそうに謝罪した。

興味本位というよりも、直《じか》に触れてより深く理解したいという彼の姿勢が伝わってくる。

あまり見たことのないタイプの〝喰種《グール》〟だ。少し、自分に似ている気がした。

「……俺、母親が人間なんだ」

そんな独特の雰囲気に誘われるように、イクマがポツリと切り出した。カネキは「えっ」と戸惑いの声を上げる。

「どういうことですか、もしかしてあなたも元は人間で……ッ？」

あなた〝も〟という言葉に引っかかりを感じたが、イクマは首を横に振って否定する。

「俺は生まれながらの〝喰種《グール》〟だよ。やけど、育ててくれたのが人間なんだ」

イクマはカネキに自分の素性を少しずつ話し始めた――


母は優秀な外科医。その夫も同じように医者だった。

だけどなかなか子宝に恵まれず、不妊治療を行い、ようやく子供を授かったのは結婚してから七年も経過した時のこと。

二人は子供の誕生を喜び、それはもう大事に育てた。

だけど子供が生まれて半年経った頃、夫が過労で死んだのだ。

母は哀しみに打ちひしがれた。医者でありながら夫の異変に気づけなかった自分を激しく責めた。

だけど、母には子供がいた。

夫の分までこの子を立派に育てなければ。そう思うことでなんとか前向きに生きようとした。

そして、子供が一歳の誕生日を迎える数日前。

――子供が、死んだ。

いつも夜にぐずるその子が、その日に限って珍しくぐっすり眠っていたそうで。

夜中、目を覚ました母が、今日はよく眠っているのね、と子供の頬を撫《な》でた時、――子供はひどく冷たかった。

母は半狂乱になりながら蘇生させようとした。子供が息を吹き返すことはなかった。

母はすべてを失った。既に正気を失っていたのだろう。土砂降りの雨の中、死んだ子供を抱いて町を徘徊した。

自分も死のう、そう思ったらしい。しかしその途中で、建物の影に隠れるようにして倒れている女性を見つけた。

思わず反応したのは医者の血が騒いだからか。

大丈夫ですか、そう声をかけた瞬間、倒れていた女が母を見た。

そこには真っ赤に染まる、瞳があった。

異形の者――恐ろしさに腰が抜け、母は動けなくなった。だけど、その時、『ふえええん』と赤ん坊の泣き声が聞こえたのだ。
思わず女を凝視する。女の胸には一歳にも満たない赤ん坊が抱かれていた。
見れば女はいたる所に傷を負っていたが、子供には一つも傷がない。
子供を庇《かば》ってボロボロになったのか。
今度は女の方が、母の胸に抱えられた子供を見た。女は少し驚いたように目を見開く。
母は慌てて隠すよう背を向けたが、女は赤ん坊が死んでいることに気がついたようだ。
『お、願い……』
そして女は、胸に抱きかかえた子供を震える手で差し出した。
『この子を、助けて……っ……』
同時に遠くから、男の声が聞こえてくる。
『この辺に逃げこんだはずや!』
『探せ!』
母は理解した。女が〝喰種《グール》〟であること。そしてこの子供も〝喰種《グール》〟であること。
赤ん坊は弱々しく泣いている。
『……赤ん坊の声だ!』
同時に、母はもう一つ理解した。
女が自分と同じ〝母〟であること。この子が我が子と同じように母に愛された〝子供〟
であること。

母は〝喰種《グール》〟の子供を片腕に抱き、自分の子供を女に渡した。

『ありが、とぉ……』

母は走り出した。同時に、〝喰種《グール》〟の女は『ごめんね、少しだけ』と呟き、母の子を囓《かじ》った。人の肉を得て、最後の力を得たのか女が立ち上がり、母とは真逆の方角に走って行く。

『おったぞ、あっちや!』

複数の男達が女を追って駆けて行くのを感じながら、母は雨の中がむしゃらに走った。

翌朝の新聞には、〝喰種《グール》〟の母子《おやこ》のニュースが掲載されていた。

追いつめられた〝喰種《グール》〟の母親は子供を抱いたまま海に飛びこんだらしい。そして、母親の遺体は見つかったものの、子供の遺体は見つからなかったと。

状況的に見て、子供も死んでいるだろうとのことだった。

母は子供を抱いてその新聞記事を読んだ。その子供が、

イクマだ。

一人で抱えるには大きすぎる秘密。母は母の両親に秘密を打ち明けた。両親は話を聞いた直後、ショックで寝こんだそうだが、母の覚悟を最終的には受け入れた。

母は早々に病院に復帰した。昼間は両親にイクマを預け、夜には、病院で調達した〝食料〟を与えてくれた。

母はイクマが〝喰種《グール》〟であることを比較的早い段階で教えてくれた。人の世界において、〝喰種《グール》〟がどういう立ち位置であるかも包み隠さず全部話してくれた。

その上で、イクマを人として育てたのだ。

感情の抑制が利かない幼児期は家にいたが、小学校からは周りの子供と変わらず学校に通うようになった。医師である母が、アレルギーがあることを学校に伝え、いつも弁当を持たせてくれた。

だからイクマは、人としての価値観で育まれてきたのだ。当然、人を殺したこともない。

「……母さんは俺に医者になってほしかったみたいだけど、俺は頭が悪くて。それに、夢もあったから」

簡易ベッドのすぐ傍には、壊れたギターが置いてある。

「歌は国境を越えるってゆうやろ。だから〝喰種《グール》〟とか、人間とか関係なくさ。聴いてくれる人に届くもんが作れたらいいなぁ、とか、思ってるんだ。田舎モンが馬鹿《ばか》みたいに夢語ってって思うかもしれんけど」

「そんなことないですよ！」

イクマの自虐を、カネキが即座に否定する。

「……〝喰種《グール》〟のあなたが人にこうやって寄り添ってくれて、僕はすごく嬉しいです」

カネキはまるで人間を代表するように言った。

「だから僕は、応援しますよ」

人間と〝喰種《グール》〟の匂いがする不思議な青年。彼にそう言われると、なぜだろう。無謀な夢が実現できるような気がした。

五

「あんていく」の世話になってから数週間後。イクマは駅前で歌っていた。

肩から下げているのは地元から持ってきた愛用のギター。

あの後、イクマはあえて月山が勧めた楽器店に行った。恐怖心はあったが、壊した当人に弁償してもらうのは当然の権利だ。

店主は月山から話を聞いていたらしく、ビンテージ物を無償で提供すると言う。

だけどイクマは自分のギターを直してほしいと言った。故郷から連れてきたこのギターじゃないとダメなのだ。

そのギターは、弦は切れ、ボディーとネックの部分が真っ二つに折れた上に、いたる所に傷がある。どう見ても修復不可能だ。

しかし、店主は「月山様に頼まれていますから」とすんなり了承し、数日後、一体どんな手段を使ったのかわからないが、ギターを元通りにしてくれた。

頭を悩ませていた食料問題は、「あんていく」店長の計らいで、当初食料を得ていた自殺の名所を喰場《くいば》として譲ってもらえることになった。

「あんていく」が調達した肉を提供してもいいと言ってくれたのだが、ただ与えられるだけの肉に慣れては、その命の重さを忘れてしまう。

人の死と向き合い、自分の力で食料を得て、〝喰種《グール》〟であることを忘れないことが、人の社会で生きていくために必要なことだと思っている。

幸い、あの喰場《くいば》はへんぴな場所にあり、近づく〝喰種《グール》〟もいないそうだ。

「……お？」

曲の合間の小休憩。缶コーヒーを飲んでいると、「こんちはーッス！」と手を振って駆け寄る青年がいる。

「覚えてますかっ！　この前、歌を聞いた永近英良《ながちかひでよし》っていいます！　周りにはヒデって呼ばれてるんスけど！」

「もちろん覚えとるよー。ＯＫ、ヒデね。今度からそう呼ぼう」

イクマに名前を呼ばれて、ヒデが嬉しそうに笑う。

「あ、それで、ダチも連れて来たんです！　カネキ、カネキー！」

ヒデは後ろを振り返り、そう叫んだ。

——カネキ？

驚いてそちらを見れば、遅れて別の青年が駆け寄って来る。

「張り切りすぎだって、ヒデ」

黒髪で左目に眼帯。人間と〝喰種《グール》〟が入り交じった香り。

彼はこちらに気がつき、ハッと目を見開いた。

「え、ヒデが言ってたアーティストって……」

「そう、この人！　えっと、名前聞いてもいいッスか？」

イクマの歌を聴いて、ヒデが見せた悩み。どちら側なのか判別しづらいカネキの独特な匂い。

——もしかしてあなたも元は人間で。

「あんていく」で聞いたカネキの言葉が蘇《よみがえ》る。イクマは、彼らの苦悩の片鱗、そして原因を垣間見た気がした。だけどイクマは明るく自己紹介をする。

「……俺は桃池育馬ってゆうんだ。そっちの子の名前は？」

初対面のふりをして訊くと、カネキは慌てて「金木です、金木研です」と背筋を伸ばして言った。

イクマはギターの弦を爪で弾く。

「んじゃ、せっかく来たんだし、一曲聴いてってよ！」

想像以上に恐ろしく、想像以上に優しい町。

イクマはこの町で作った歌を歌い出す。

桃池育馬、東京に生きる〝喰種《グール》〟である。

#005 枝折

東京[日々]喰種

TOKYO GHOUL

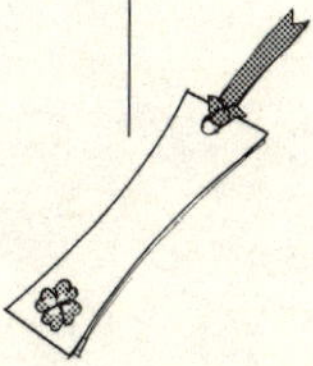

自分が目指す世界には、どうすれば手が届くのだろう。

一

「結局、不審者って誰のことだったんだろう」

洗い終わったコーヒーカップを拭きながら、カネキは店内の掃除をしているトーカに声をかけた。トーカはゴミをはきながら、「捜査官だろ」と淡泊に答える。

芳村《よしむら》に、店の周りを不審者がうろついている気配があるから気をつけるようにと言われて数週間。

カネキは友人であるヒデに店には近づかないよう話したり、自らも気を張りつめたりと緊張した毎日を送っていたのだが、今日、店長から気配が消えたようだと報告があったのだ。

トーカの言うように、少し前、店の近くで〝喰種《グール》〟が一人、捜査官に殺された。20区の〝喰種《グール》〟ではなかったが、ここでコーヒーを飲んでいるのを一度だけ見たことがある。

一方で、地方から上京してきたイクマという名の〝喰種《グール》〟が、店の前を何度か通っていたとも聞いた。イクマは他の〝喰種《グール》〟とは関わり合いを持たぬよう、密かに行動していたので、芳村がその気配を感じ、不審に思った可能性もある。

それだけではなく、ここ近辺をひょろ長い眼鏡《メガネ》の大学生がうろついてたらしいなんて話もあって、何が正解かわからない。

確かなのは不審者は確かにおり、事件も起き、芳村の見立てが当たったということだ。

「今後は少し落ち着くかな……」

「〝喰種《グール》〟の世界に落ち着くとかねーよ」

ほとんど独り言に近い言葉だったのにトーカが否定してくる。きっと、彼女の言う通りなのだろう。〝喰種《グール》〟に安息などないのだ。

「でも、ずっと気を張っていたら疲れちゃうよ」

息抜きだって生きていく上で必要なことだ。しかしトーカは「軟弱ヤローが」と貶《けな》す。とりつく島もない。

ただ、そんなトーカの態度にも少しは慣れてきた。「あんていく」の他のスタッフに対してもそうだし、ここに来る常連客にもだ。〝喰種《グール》〟の存在すべてを拒絶していた頃に比べればだいぶ成長したと思う。

そんななか、最近、カネキには気がかりな人物がいた。それは両親を亡くし、今はトーカの家で彼女と一緒に生活している笛口雛実《ふえぐちひなみ》の存在だ。人見知りのところはあるが、優しくて可愛らしい少女。そんな彼女が寂しい思いをしていないか、それをカネキは心配していた。

トーカと一緒に暮らしてはいるが、トーカは学校があるし、「あんていく」のバイトで帰りが遅くなることもある。カネキもヒナミが店に来た時は漢字を教えたりしていたが、微々たるものだ。

ヒナミはトーカの家で、大半の時間を一人で過ごしている。一人でいると、大好きだった両親や恐ろしかった捜査官、〝喰種《グール》〟である自分自身の生に対する葛藤など、いろいろ考えてしまうのではないだろうか。

特に——母を目の前で殺されてしまったのだ。いつも傍にいて、自分を守ってくれた存在。自分を構成する大事なパーツが欠けて、なんの痛みも感じないはずがない。それを思えば、自分の胸まで痛くなる。

「トーカちゃん、そういえばさ、ヒナミちゃんはどうしてる？」

「あ？　フツーだよ」

しかし、唯一の情報源は気のない返事しか返さない。もっと詳しく話が聞きたいのだが、

「さっさと片づけ終わらせろよ」と睨まれた。詮索が過ぎたのか、機嫌を悪くしたようだ。怒りのオーラが見える。あと何か一言でも発したら蹴り飛ばされるだろう。未だ睨みつけている彼女から逃げるようにカネキは拭いた食器をそそくさと棚にしまっていった。

いからだ。

武者小路実篤《むしやのこうじさねあつ》は、『人生論』でこう述べている。

――死の恐怖を味わうことは、その人がまだ生きてしなければならない仕事をしていたからだ。

自分は、人の気持ちを〝喰種《グール》〟に伝え、〝喰種《グール》〟の想いを人に知らせる架け橋になりたい。今は憎み合うことしかできない状況でも、相手に対する理解が増せば、変わるものもあると思うから。お節介と言われようとも、自分は人にも〝喰種《グール》〟にも関わり続けたかった。

ヒナミのこともそうだ。トーカは関わってくるなと言わんばかりの態度だが、自分だって彼女のことを心配する権利はあるし、叶うことなら彼女にとってより良い方向に進むよう、手助けがしたい。

「んー……どうしようかなぁ」

大学の講義を終えたカネキは、講堂の椅子にぐっと背をあずけ、どうすればヒナミが喜ぶだろうと考えていた。

「やっぱ、趣味かなぁ」

単純すぎる発想ではあるが、やはり没頭できる趣味があれば一人の時間も寂しくはないような気がする。ただ、自分一人で家でもできることとなるとレパートリーの少ない自分には読書しか思い浮かばなかった。

カバンを背負い、バイト先の「あんていく」に向かいながらカネキは腕を組む。

「でもヒナミちゃんは高槻《たかつき》さんの作品好きだし、読書ってのは悪くないかも」

ヒナミはカネキが敬愛する作家、高槻泉《せん》の作品を好んで読んでいる。本から知識を吸収している面もあるので、高槻の作品に限らず様々な本に触れるのは良いことなのではないだろうか。

だったら、古本屋やネットで児童書を、と考えたところで、家主であるトーカが仁王立ちしている姿が思い浮かんだ。

「あっ、本って結構スペースとるからトーカちゃん嫌がるかも……」

本というものは、読めば読むほどお気に入りが増え、常に読めるように手元に置いておきたくなる。気づけば本棚が増えていき、部屋を占領してたなんてよくある話だ。

しかしトーカの家は、彼女の性格をそのまま写したかようにシンプルで物が少なかった。本がかさばり場所を占領すれば、怒り出すかもしれない。ヒナミではなく、カネキに。

思考は再びふりだしに戻る。カネキは首をぐるりと回し、何か良い案はないだろうかと周囲を見回した。

「……あ！」

タイミングが良いにもほどがある。

カネキの視界に飛びこんできたのは区の図書館だった。

「トーカちゃん、今度暇な時でいいからさ、ヒナミちゃんを連れて図書館に行ってみない？」

「あんていく」に着くなりトーカに駆け寄り、そう提案したカネキに、トーカは「はあ？」と訝《いぶか》しげな表情を浮かべた。そんな塩辛《から》い反応に負けず、カネキは続ける。

「ヒナミちゃんって家にいる時間が長いでしょ？　一人でいると退屈しちゃうと思うんだ。だから図書館で好きな本を借りて……」

「ヒナミは捜査官側に情報回ってんだろが。この前も店の近くで一人やられたろ」

迂《う》闊《かつ》に外に出せるはずがない。これも、ヒナミを心配してこその意見だ。

「そこは、細心の注意を払うとしてさ。ほら、ずっと家の中にいるのも精神衛生上、良くないと思うんだよ」

「細心の注意って誰が払うんだよ、アンタにできんの？」

「そ、それは……」

「なんかあった時、責任とれんのかって。店の周りうろついてた不審者が消えたって、町には危険がいくらでもあんだろが」

想像はしていたがやはりトーカは難色を示す。彼女の言葉が正論であることも理解できる分、それを言い負かすような反論は思いつかなかった。

「でも、やっぱり一人で家にいると、いろいろ考えちゃうと思うんだよね……」

だから、ここからはただの感情論だ。

「お父さんのこととか、お母さんのこととか……。たとえしっかり前向きに生きていこうと思っていても、思い出せば辛《つら》いだろうし、寂しいだろうし。そういう感情って、健全な気持ちまで食い散らかしてしまう気がするんだ」

「……」

それにはトーカも否定の言葉は使わなかった。

「それでもヒナミちゃんは僕らにそういう部分見せないように頑張っちゃうんだと思うんだ。心配かけないように、一人で呑みこんじゃうんじゃないかって」

ヒナミちゃんは優しい子だから、とつけ加える。

「本ってね、読者を現実から引き離して主人公にしてくれたり、自分の知らない世界を見せてくれたりするんだ。文章は時に読み手の人生をなぞり、感情に優しく寄り添ってくれる」

見たくない己の醜悪を突きつけられる時もあるが、それも含めて、ただなんとなく生きているだけでは気づけないことを本はたくさん教えてくれる。

「だから読み終えた本を閉じて現実に戻る瞬間、言葉にできなかった苦しみや哀しみを、ページの中に置いてくることもできたりするんだ。本に慰められることもあるよ。ヒナミちゃんも、本を読むことで救われることがあるんじゃないかって、思うんだ」

自分の言いたいことは、すべて言えたかもしれない。あとはトーカの答えを待つだけだ。

カネキは恐る恐るトーカの顔をのぞき見る。

「……意味わかんねー、気持ち悪っ」

「えっ！」

トーカは若干引いていた。どうやら彼女の心にはまったく響かなかったようだ。

「で、でもでもホントに！　ヒナミちゃんは本読むの好きだから、気分転換にいいと思うんだ……」

内心ガッカリしていると、トーカは腕を組み、ふっと諦めたように息を吐く。

「日曜十四時、図書館前な」

「えっ」

聞こえはしたが頭が追いつかず尋ね返すと、トーカは組んでいた手をほどき腰に添え、怒鳴った。

「あんたが言い出したことだろ！　図書館！」

加えて、私は本に詳しくない、とぶつぶつ言いながらトーカは背を見せる。どうやら了承してくれたらしい。

「あ、ありがとう！」

「ヒナミのためだろ。アンタに礼言われる筋合いないっての」

「でも」

「うっさい、うっさい！」

二

日曜、待ち合わせの五分前。図書館前で文庫本を読みながら待っていると、どうせ遅刻して来るだろうと思っていたトーカが現れた。

「えっ、どうしたの、早いね」

読んでいた本をカバンにしまいながら尋ねると、トーカは、「ヒナミが」と振り返る。

「カネキお兄ちゃん、今日はありがとう！」

そこには帽子を深く被って顔を隠してはいるものの、満面の笑みを浮かべるヒナミがいた。

「昨日から張り切っちゃって、遅刻なんか許される雰囲気じゃなかったっつーの……」

トーカは恨めしそうにカネキを見る。

カネキは「ははは」と乾いた笑い声を上げ、「それじゃあ行こうか」と逃げるように図書館の中に入って行った。

「すごい……」

列を作るように並んだ本棚、収納された無数の書籍。図書館の中では逆に目立つので、帽子を脱いだヒナミは所狭しと並ぶ本の数々に目を輝かせる。

「お兄ちゃん、これ全部見てもいいの？」

「もちろん。この図書館の貸し出しカード持ってるから、気に入った本を借りられるよ。好きな本を選んだらいい」

　カネキに言われてヒナミは恐る恐る本棚に手を伸ばす。一冊本を抜き出し、ページをパラパラと捲《めく》ると、隣に並んでいた本も引っ張り出して中身を確認した。

「すごい、どれも字がいっぱい」

　それだけで感動するようだ。これだけ喜んでくれると連れてきた甲斐がある。ただ、あまりにも本が多すぎてどれを選んだらいいのかわからないらしい。

「高槻さんの作品もあるけど、児童書もいいかもしれないね」

カネキは昔読んだことがある児童書を何冊か選びヒナミに渡した。

「カネキお兄ちゃん、トーカちゃん、ちょっと読んでみてもいい？」

「……ちょっとだけならな」

ヒナミは閲覧室の椅子に腰かけ、カネキが渡した本を読み始める。カネキとトーカもそのすぐ傍に腰を下ろした。

「お兄ちゃん、この本、漢字の横に読み方が書いてあるね」

ヒナミがいつも読んでいる高槻泉の小説とは違い、児童書はふりがなが多くふってある。本の内容も単純明快で読みやすいはずだ。ヒナミは本で学習している面もあるので、基礎学力をつけるのに良いだろう。

読解力が上がれば、高槻泉の小説がまたよりいっそう面白く感じられるに違いない。ただ、高槻泉の小説が本の基準になっているヒナミは、少し知識が偏《かたよ》っているようだ。

「お兄ちゃん、これ、いつも読んでる本と読み方が違う……」

「ああ、高槻さんの小説は言葉の使い回しが独特なものも多いからね。一般的にはこっちの方が使われるんだよ」

「『まどろむ』って『微睡む』と一緒？　ひらがなと漢字じゃ意味が違う？」

「読みやすいようにひらがなにしてるだけだね。同じ意味だよ」

「あれ、これは『つくも』島じゃない……」

「ああ、『くじゅうく』島だね。高槻さんの小説に出ていた九十九髪《つくもがみ》は白髪のお婆さんのことなんだよ」

ヒナミは思いの外《ほか》、苦戦しているようだ。カネキはヒナミが尋ねてくるたびに丁寧に対応する。

「よっと」

そこで、本を脇に抱えた小学四年生くらいの男子がヒナミのすぐ傍に腰かけた。

彼はしばらく自分が持ってきた本を読んでいたが、なにかにつけて事細かに文字を確認するヒナミが気になったようだ。横からチラリとヒナミが読んでいる本の内容を確認すると、首を傾《かし》げる。

「……なんだお前、字ぃ読めねーの？」

自分より年上だろう彼女が児童書をろくに読めないことを不思議に思ったのだろう。

ヒナミは驚いたようにそちらに顔を向けた。カネキとトーカもまさかそんなことを見ず知らずの人間に言われるとは思わず、血の気が引いていく。

少年も言ってはいけないことを言った自覚があったのか、ハッと口を押さえた。

「……テメェ」

「と、トーカちゃん！」

腹を立てたトーカが立ち上がり、少年に手を伸ばす。

「ご、ごめん、君、ここから逃げて、今すぐに！」

今にも殴りかかりそうなトーカを押さえながらカネキが叫んだ。少年はトーカの剣幕に声を出すこともできず、本もそのままに逃げ出す。

「逃がすか」

「トーカちゃん、落ち着いてっ」

やられたらやり返すが信条なのだろうか。少年の後を追おうとするトーカ。

「……変なのかな、字が読めないって」

ヒナミが呟いた言葉に動きが止まる。

「ヒナミ」

「…………」

〝喰種《グール》〟の常識でいえば、読み書きができなくてもおかしくはないのかもしれない。ただそれが人間となると話が違った。ヒナミの年頃であれば、この程度の児童書は簡単に読めるだろう。

〝喰種《グール》〟と人間。どちらのサイドに立って彼女を慰めればいいのか、カネキは迷う。

「そんなことないって、あんな奴の言葉、気にする必要ないから」

先にフォローを入れたのはトーカだった。カネキもそうだよと同意するように頷く。

しかし、ヒナミは読んでいた本を閉じて肩を落とした。

「………」

結局、ヒナミは落ちこんだままで、カネキが何冊か本を選び、図書館を出た。

「テメェのせいだかんな」

トーカは苛立たしげにカネキの足を蹴ってくる。発端は自分が図書館に行こうと誘ったところにある分、カネキは反論できない。

「ごめんね、ヒナミちゃん……」

カネキが謝ればヒナミはフルフルと首を横に振った。それがまたカネキの胸にずしんとくる。

——……図書館にはもう行けないだろうな。

しかし事態はカネキとは逆の方向に動いたのだ。


「……え、また図書館に行きたい？」

トーカにヒナミが図書館に行きたがっていると言われたのは、借りた本の貸出期限がもう間もなく切れる頃だった。

「私がいない間、図書館で借りた本読んでたらあっという間に時間が過ぎたんだってさ」

トーカは店のカウンターを苛立たしげに指先で叩きながら言う。

「人間に関われば、また嫌な目に遭うかもしれないのに。ほんっと、やっかいごと作るプロだなアンタは」

トーカにしてみれば、ヒナミの反応はどうあれ、図書館に行くのは一回こっきりのつもりだったのかもしれない。

しかし、自分が学校に行く姿を見せつけておきながら、知識に飢えているヒナミにはそれをさせないという矛盾にトーカも多少負い目があるのだろうか。

「……どうしたらいいのかな?」

「ヒナミがどうしてもって言ってんだから、行くしかないだろ」

トーカの全身から嫌々感はにじみ出ているが、結局、また三人で図書館に行くことになった。


「ヒナミ、さっさと選んでちゃっちゃと帰るよ」

今度は曜日を変えて土曜日。図書館に到着するや否や、急《せ》かすようにトーカが言った。極力、人間と接触させないためだろう。

ヒナミはそれに素直に頷き、小走りで駆けて行く。どうやら、先日借りた本の続編を探しているようだ。

しかし、嫌な思いをしたとはいえ、無数の本を前にすれば湧いてくる興味の芽。

「カネキお兄ちゃん、これ、どんな本?」

「ああ、これはイギリスのファンタジーものだね。映画化されるほど人気があるよ」

「お兄ちゃん、これは? これは面白い?」

「えっと、待ってね、中身確認させて」

そうやって、些細なやりとりを何度も繰り返すうちに時間は経っていく。

「ヒナミちゃん、決まった？」

「うん」

やっと借りる本を決めた時には、一時間以上経っていた。トーカのイライラを肌で感じながら、カネキは貸し出しカウンターへ向かおうとする。

「なぁ」

そこで、本棚の向こうから呼びかける声が聞こえた。カネキもトーカもヒナミも、そろってそちらを振り返る。

「あ、君は……」

そこにはこの前図書館に来た時、ヒナミに心ない一言をぶつけた少年が立っていた。

ヒナミの体が一瞬で強《こわ》ばる。

「……テメェ、よく私らの前にツラ出せたな」

トーカの気迫に少年は一瞬怯《おび》えたが、彼はヒナミに、「この前はごめん」と頭を下げた。

「意地悪で言ったんじゃなくて、不思議だったから聞いちまったんだ。あとで父さんに話したら、病気で学校に行けない子だっているんだぞって怒られて……。ごめんな。これ、お詫び」

少年はヒナミのすぐ傍まで駆け寄ると、「ん」と何か差し出してくる。

「……しおり？」

カネキは後ろから覗きこむようにして、少年の手の中の物を確認した。

しおりは銀色のヘラのような形をしており、先端には四つ葉のマークが入っている。

硬直し、いつまでも受け取らないヒナミに少年は困惑した様子だったが、ヒナミが抱えていた本の中にしおりを差しこんだ。

「それじゃ」

そして少年は走り出す。ヒナミはただ呆然《ほうぜん》と少年を見送ることしかできなかった。

「……まずいんじゃないの、これ」

帰り際、先頭を歩くヒナミの後ろで、トーカがヒナミには聞こえないように言った。

少年にヒナミという存在が記憶されている。これが実に厄介だ。あの年頃の子供であれば、自分の身に起きたことを何の気なしに周りに話すだろう。すでに親にヒナミのことを話したように。そうなると、意図せぬところで話が出回ってし

まう可能性がある。

対するカネキも複雑な思いでいた。〝喰種《グール》〟と人間が仲良くできればいいと思っていても、実際問題、自分達の間には高く険しい壁がある。

「お姉ちゃん、お兄ちゃん、綺麗《きれい》だね、これ……」

しおりを光に透かして眺めるヒナミに、カネキは「そうだね」と答えた。トーカは複雑な表情を浮かべていた。


それからというもの、ヒナミは少年に貰ったしおりを大事に使っているようだった。本の返却日が近づくと図書館に行きたいとねだってくるし、しおりをくれた少年は本が好きなのか、よくこの図書館に来ているようで頻繁に鉢合わせした。

彼はヒナミよりも年下だが、兄貴風を吹かせて、カネキの代わりに文字を教えたりもする。

その光景は微笑ましいのだが、トーカの表情は曇る一方で、カネキも判断に困っていた。どうするのが正解なのだろうか。

今日も少年がヒナミの隣に腰かけて、一緒に本を読んでいる。お役御免状態のカネキは、ヒナミから少し離れた場所で二人を見守っていた。

暇つぶしに図書館に置いてあった新聞を見れば、また〝喰種《グール》〟の事件があったらしく大々的に報じられている。

「……20区、大学病院勤務の女性看護師、しかも結婚式を挙げたばかりだって」

ハネムーンの直前、行方不明になり捜索していたが、発見された時には無惨な姿になっていたようだ。

「皮膚の裂傷が激しいってどういうことだろ。まさか皮はがれた、とか……？」

「変な喰い方。どーせ、またアイツだろ」

カネキの隣でつまらなそうにヒナミを見ているトーカが応える。

「知り合い？」

「知らない」

どう見ても知っているふうだがトーカに答える気はないらしい。カネキは新聞を折りたたみ、元の場所に戻そうとした。

「……待て」

そこで、トーカがカネキの腕をつかみ制止する。

「どうしたの？」

「黙ってろ」

トーカは腰を浮かし、何かを探るように一点を見つめた。まさか危険が迫っているのだろうか。カネキも唾を飲みこみトーカの視線を追う。

すると、こちらに歩み寄って来る女性の姿があった。多分、自分と同じ大学生。長い黒髪を垂らした彼女は、至近距離まで来ると、

「あなたも図書館に来たりするのね」

と、トーカに話しかける。

見た目はいたって普通の女性だが、トーカが警戒しているということは、彼女も〝喰種《グール》〟なのだろうか。

「……この前、『あんて』近くで殺《や》られた奴の彼女」

「えっ！」

トーカの説明に思わず大きな声を上げてしまう。女性は表情を変えることなく、「違うわ」と否定した。

「彼が勝手にそう言いふらしていただけ。私が大学に通ってるのを知って、大学側にバラされたくなければ〝食事〟を寄越《よこ》せってたかってきてたのよ。死んでくれて助かったわ」

彼女はトーカの隣に腰かける。トーカも幾らか警戒を解いて浮かせていた腰を下ろした。

「キザヤロー、ずいぶん暴れてるみたいじゃん」

〝キザヤロー〟とは、新聞に載っていた事件の犯人だろうか。

「みたいね。中高が一緒だっただけで今はつき合いないか

らよく知らないけど。それよりその子が噂のカネキ君よね。しゃべるのは初めてだわ」

「あ、どうも……」

喰種《グール》捜査官との一戦後、カネキが〝白鳩《ハト》〟を倒したという話が広まっているのだ。彼女もその話を耳にしたのだろうか。

しかし、カネキがぺこりと頭を下げると、彼女は無表情のまま言う。

「永近《ながちか》君、聡《さと》い子ね」

「……ッ⁉」

――なんでヒデの名前を知っているんだ。

今度はカネキに緊張が走った。

「少し前に彼とよく行動してたの」

「行動？　ど、どういうことですか」

「あまり詮索しない方がいいわ。別に、たいしたことじゃないし。それに、私が今あなたにしたいのはその話じゃない」

彼女は感情の起伏なく答え、長い黒髪を掻《か》き上《あ》げた。その視線が今度はヒナミに向く。

「霧嶋《きりしま》さんが図書館だなんて似合わないと思ったら、あの子のために来たのね。でも、ダメだわ」

「何がだよ」

ハッキリしないもの言いにトーカが眉を顰《ひそ》める。

「聡い人間は〝喰種《グール》〟に近寄らない方がいい。嘘のつけない〝喰種《グール》〟は人間に近寄らない方がいい」

彼女はスッと立ち上がると、カネキ達を見下ろすようにして言う。

「でなければ不幸を拡散することになるわ」

一体どういう意味だろう。トーカを窺《うかが》うと、何か思いいたることがあったのか顔を顰《しか》めている。

「カネキ君、あなたも」

「えっ」

今度はカネキに矛先《ほこさき》が向いた。確かに自分も嘘を吐《つ》くのが上手《うま》いというわけではないが。しかし、彼女が言いたいのは〝嘘のつけない喰種《グール》〟についてではなかったらしい。

「友達があまりいなくて比較対象が少ないのかもしれないけれど。永近君の能力をもっと客観的に見なさい。彼の感受性は、本来見えないものまで見透かしてしまうわ」

以前、カネキとヒデに危害を加えた西尾錦《にしおにしき》も似たようなことを言っていた。

ヒデは言動こそ馬鹿《ばか》っぽいが周りが視《み》えている。そういう人間を、〝喰種《グール》〟である自分の身近に置くのは危険だと。

「……なんでアンタがんなこと口出してくるワケ、三晃《さんこう》?」

そこでトーカが横から口を挟んだ。名を呼ばれた彼女、三晃は首を傾《かし》げる。

「ただの親切心よ。彼のおかげで静かな日常が戻ってきたし。同い年だと勘違いしたのか友達みたいに接してくれて楽しかったわ」

永近君には感謝しているの、と三晃は静かに答えた。

そして、「もう用はすんだわ」と、まったく話の読めていない自分達を置いて去って行く。

「……ど、ういうことだったのかな」

カネキはわけがわからずトーカを見た。

「知らねーよ。三晃は好戦的な奴でもないし、ほっといても大丈夫だろうけど。ああ見えても人間の前だとほっとんどしゃべらず気配消してるような奴だし、猫もかぶってるし」

だけど彼女の言葉に引っかかるものがあったのか、トーカは立ち上がり、ヒナミの方へと歩いて行く。

「〝不幸を拡散する〟……？」

残ったカネキはその言葉を反芻《はんすう》した。

三

「今日こそすぐに帰るからな！」

三人で図書館に行くのは何度目だろう。トーカのお決まりの文句を聞いて、ヒナミは本棚へと駆けて行く。今日は少年の姿はないようだ。トーカはそれに安堵している。

カネキはといえば、そんなトーカと並んで本を選ぶヒナミを眺めていた。嬉しそうに本を選ぶ彼女を見ていると、誘って良かったとは思うのだが、先日、三晃に言われた言葉が残っている。

〝喰種《グール》〟が人間社会に溶けこむためには、必ず吐《つ》かなければいけない嘘がある。

それは、自分が〝喰種《グール》〟ではないという嘘だ。その大きな嘘を一つ吐くために、小さな嘘をいくつも吐かなければならない。

ヒナミは純真で、素直で、優しい子だ。嘘を吐き立場を偽って人を騙すことには慣れていない。そもそも、そういった行為自体が苦手なのではないかと思う。

少年はヒナミがあまり字を読めないことについて余計な詮索は控えているようだが、親しくなれば、いずれ、ヒナミが嘘を吐かなければいけない日がくるかもしれない。それを思うと、複雑な気分になってしまうのだ。

「あれっ、えっ、えっ⁉」

そんな思考にふけるカネキの背後で、素《す》っ頓狂《とんきょう》な声が聞こえた。その声に反応するように、隣にいたトーカがビクッと体を震わせる。

「よ、依子《よりこ》⁉」

振り向けばそこにはトーカの友人、依子がいた。

依子はトーカとカネキを交互に見比べて、見てはいけないものを見てしまったとでもいうように慌《あわ》てている。

「ご、ごめんねトーカちゃん、邪魔するつもりはなかったの！　ちょっと驚いて声が出ちゃって……っ」

「ちょ、違うし！」

依子はしどろもどろに弁明を始めた。それに対してトーカは顔を引きつらせている。

「いいの、また学校でね！」

「ちょ、依子！　依子っ！」

逃げるように走り出した依子、それを追うようにトーカも走り出した。

「おい馬鹿！　あんたのせいだかんな！　誤解を解け！」

ポカンとしていたカネキだったが、トーカにそう怒鳴られ、いまいち納得できぬまま、二人の後を追う。

「……あれ？　お姉ちゃん？　お兄ちゃん？」

二人がいなくなった後、本を胸に抱えたヒナミが戻って来た。キョロキョロと周囲を窺うが、カネキとトーカの姿はない。

「え、どうして？」

ヒナミは胸に抱えていた本を椅子の上に置いて、二人を捜しに走り出した。

それから五分後だ。依子との追いかけっこを終えたカネキとトーカが元の場所に戻って来た。

「あっちにこっちにすばしっこすぎるっての……」

「誤解も解けなかったみたいだしね」

依子を捕まえはしたが、トーカが何を言っても「大丈夫、見てない、見てない」の一点張り。結局〝誤解〟とやらも解けなかったようだ。トーカは渋い顔をしている。

「あ、本がある」

カネキが座っていた場所には数冊の児童書がおいてあった。トーカはそれを拾い上げ、本棚の方を眺める。

「まだ探してるのかな」

それから、二人そろって椅子に腰かけ、なんの疑問も持たずにヒナミを待った。


「お姉ちゃん……お兄ちゃん……」

二人が元の場所に戻ったことなど露知らず、ヒナミは図書館から離れ、二人を捜して道をさまよい歩いていた。

「どこにいるの……？」

不安になって涙ぐみ、目尻ににじんだ涙をゴシゴシと拭った。いつまでもこんなふうでは父と母に心配をかけてしまう。一人でしっかりやっていかないと。

「……ってぇ！」

なんとか泣きやもうと道の真ん中で立ち止まっていたヒナミに、ドン、と誰かがぶつかって声を上げる。両手を離して見上げれば、ガラの悪そうな高校生達が立っている。

「ボーッとしてんじゃねぇよガキが！」

彼らはヒナミを責め立てるように怒鳴りつけてきた。ヒナミの体がビクンと竦《すく》む。

「ご、ごめんなさい……」

それを見て、彼らはにやりと笑った。

「悪いと思ってんならちょっとつき合えよ」

高校生達はヒナミを取り囲み、ジロジロと値踏みするように眺めた。寒気がして逃げ出そうとしたが、「おっと、どこ行くんだよ」と腕をつかまれる。

「や、やめて……下さ……っ」

「声もカワイーねー、ギャハハ」

「いやいや、ガキすぎんだろーお前ロリコン？」

「お姉ちゃんと、お兄ちゃんが……」

「え、なんだって？　うるせーなァ、ほら、こっち来いって」

高校生達はヒナミの話を聞いてくれない。それどころか強引にどこかに連れて行こうとする。

——どうしよう、どうしよう。

パニックになるヒナミ、だけど行き交う人々は足早に通り過ぎて行く。

「あれ……」

そんななか、立ち止まった人物が一人だけいた。それはヒナミにしおりをくれた少年だ。

彼は高校生の集団の中に、ヒナミの姿を見つけ出す。どう見ても嫌がるヒナミをどこかに連れて行こうとしているように見えた。

「に、兄ちゃんと姉ちゃんは……⁉」

と呟いて周囲を見るが、いつも一緒にいる二人の気配はない。

「す、すみません、あの子、なんか、意地悪されてるみたいで……ッ！」

少年は周囲の大人に助けを求めた。しかし皆、急いでるからと取り合ってくれない。

「ど、どうしよ」

ヒナミが腕を引かれ、路地裏に連れて行かれそうになっている。少年は、足を一歩前に踏み出した。

だけど、自分よりもずっと背が高く、体の大きい男子が五人もいる。

「……っ」

前に出た足がスッと後ろに下がった。そして、体を反転させて走り出す。

「ご、ごめん……っ」

少年は、その場から逃げ去った。

「……流石《さすが》に遅くない？」

その頃、ヒナミがいつまで経っても戻って来ないことを不審に思ったトーカが椅子から立ち上がり、ヒナミを捜し始めた。カネキもいつもヒナミが好むコーナーを見て回ったが彼女の姿はない。

「いた？」

「ううん、いない」

トーカの表情が見る間に曇っていく。過去、自分の不注意でヒナミを危険に晒したこともあり、また同じようなことが起こっているのではないかと動揺しているのだろう。

「もういっぺん探してみよう。きっと見つかるよ」

カネキも不安を隠すようにトーカに語りかけた。トーカはコクンと頷き、再び館内を探そうとする。

「兄ちゃん、姉ちゃん――ッ！」

そこで、静かな図書館に不釣り合いな叫び声が聞こえた。誰もが何事かと声の方を向くなか、カネキとトーカもそちらを見る。そこには、いつもの少年の姿があった。少年は額に汗を浮かべ、息を切らせながら駆けて来る。切羽詰まった表情に、カネキとトーカは緊急事態を悟った。

「どうしたの、何かあったの」

駆け寄って訊くと少年が答える。

「あのっ、向こうの商店街で、あの子が怖そうな人達に連れてかれそうになってるっ」

怖そうな人で連想されるのは、喰種《グール》捜査官か〝喰種《グール》〟だ。

「ヒナミ……ッ！」

トーカは聞くなり走り出す。

「案内しろ！」

少年とすれ違いざま、トーカは少年の手をつかんだ。カネキも全速力で走り出す。今日は往来に人が多く、トーカは本来の能力を発揮することができない。ただ人が多いということは、別のことも意味している。

――捜査官がヒナミちゃんを見つけたのであれば、周辺住人に対して退去命令を出して攻撃するはず……。でも、町は平常通りだ。てことは多分、捜査官じゃない。

とはいえ、トーカは少年を連れている。〝捜査官〟の名は迂闊に出せない。

「トーカちゃん、多分、あいつらではないッ！」

ぼかして叫ぶがトーカが「どいつらだよ！」と喚《わめ》いた。どうやら冷静さを欠いているようだ。

「……あ、あそこ、あそこだよ！」

商店街にさしかかったところで、少年が少し脇に逸れる道を指さす。

「ヒナミ！」

その道に入って先を見れば、近隣高校の男子生徒に囲まれたヒナミがいる。捜査官でも〝喰種《グール》〟でもない、ただの人間だが、恐怖に涙ぐむヒナミの姿にトーカの怒りが燃え上がる。

彼女の目が赤く色づいた。

——殺してしまう。

カネキは咄嗟《とっさ》に、あえて確認を取るようにして叫んだ。

「ヒナミちゃんが助けられたら、それでいいよね……⁉」

自分達の目的は殺すことではない、救出することなのだ。

「なんだ、お前ら」

高校生達が振り返る。間一髪のところでトーカの赫眼《かくがん》が消えた。トーカは少年の手を離し、タン、と踏みこむ。

「なっ」

しなやかに駆ける獣のようにトーカは一団に突っこんだ。高校生達が驚きに目を見開くなか、ヒナミを抱え彼らが手を出すよりも早くトーカが再びこちらに舞い戻る。

「……お、おいッ！　なにすんだよ！」

呆気《あっけ》にとられていた高校生達はようやく我に返り、こちらに詰め寄ろうとした。カネキはそんな高校生達とトーカの間に割って入る。

「……トーカちゃん、ヒナミちゃんとその子を連れてここから離れて」

「私がヤる」

「トーカちゃん！」

抱き上げたヒナミを下ろし足を踏み出したトーカだったが、カネキの声にようやくこちらを見た。カネキは彼女に強めの口調で言う。

「〝ヒナミちゃんのために〟、その子とここから離れて」

彼女は正体がバレれば口封じのために人を殺す。今ここで、彼らを殺せばその範囲は、他ならぬこの少年にまで伸びるだろう。そうなればヒナミはどうなる。

お願いだから、と懇願するように言うと、ようやく冷静さを取り戻したのか、トーカが舌打ちし、ヒナミと少年の手を引いて走り出した。

「おい、待てよ！」

「やめて下さい！」

カネキは追いかけようとする彼らの前で両手を大きく広げる。

「なんだよてめぇ」

「彼女らの知り合いです。乱暴なことはやめて下さい。まずは話し合いましょう」

カネキの言葉に彼らは顔を見合わせ、

「舐《な》めたこと言ってんじゃねぇよ！」

と殴りかかってきた。カネキはその拳を、あえて受ける。殴られた勢いのまま地面に転がり、俯《うつぶ》せになって、彼らに気づかれないように口内、頬の肉を思い切り噛んだ。幾らか肉が千切れ痛みが走るが堪える。そして口をぐっと閉じて立ち上がった。

「おら、どけよ！」

今度は別の男子がカネキの腹を殴りつけてくる。

――……ちょうどいい。

「ガハッ！」

カネキは腹を押さえ俯《うつむ》くと口を開いた。すると、口腔《こうくう》内にためこんでいた唾液と血液が一気に零《こぼ》れ出す。安っぽいホラーのようだが、その血の量に高校生達は一気に引いた。

「お、おい……」

カネキは大袈裟に咳きこんで血を吐き出し、地面に倒れる。

「うあ、あ……っ！」

奇声を上げながらのたうち回るカネキを見て、「これ、やばくないか」と彼らのうちの一人が言った。それを合図にするように、彼らは「知らねーよ！」、「ほっとけ！」と口々に叫び逃げ去って行く。

「……思いの外《ほか》、上手《うま》くいったな」

未だ零れ出す血を飲みこんで、カネキは立ち上がった。見た目は派手だが、トーカや四方《よも》が稽古をつけてくれていたおかげで体が鍛えられ、たいした痛みもない。

「……テメェのやり方もどうなんだよ」

落ち着いたところで、トーカが呆れた様子で戻って来た。

「お兄ちゃん、ごめんなさい……っ」

しかし、ヒナミは目にいっぱい涙をためて謝ってくる。カネキは笑って「大丈夫だよ」と答えた。

「その子が教えてくれたんだよ」

カネキが少年に視線を送れば、彼はビクッと不自然に体を震わせた。

「おかげで、見つけることができた――」

「ち、違いますッ!」

それを少年は否定する。

「俺、俺……」

口籠もる少年にカネキは首を傾げた。ヒナミは涙ぐんだまま彼を見る。少年は、そんなカネキ達を見て、意を決したように叫んだ。

「俺、父さんに、悪い人には立ち向かえって言われてたのに、俺、助けなきゃって思ったのに、怖くて何もできなくて……ッ! 俺、俺っ……その場から逃げ出し――」

「違うよ」

カネキは少年の言葉を遮る。

「君は一番正しい方法でヒナミちゃんを助けてくれたんだよ」

だよね、とトーカに視線を向ける。彼女はこっちに話を振るなと言わんばかりの表情を浮かべたが、口をぐっと曲げた後、

「おかげでヒナミを見つけられた」

と言った。カネキはそれに微笑む。

「だから、ありがとう」

カネキの言葉に緊張の糸が解けたのか、少年の目から涙が溢れ出す。泣くのが恥ずかしいのか堪えようとするが止まらないようだ。必死で嗚咽《おえつ》を堪える姿にカネキは目を細めた。

ヒナミは泣きじゃくる少年につられるように、また涙を零している。

穏便に終わって良かった。心からそう思えたその時だった。

「……っ⁉」

ヒナミが突然自分の腹を押さえ、座りこんだ。

「ヒナミっ？」

トーカが慌てて顔を覗きこむが、彼女は自分の身に何が起きたかわからない、そんな顔をしていた。

「大、丈夫か？」

立ち上がれないヒナミを見て少年は袖口で涙を拭《ぬぐ》い、優しく尋ねる。するとヒナミは、今度はお腹を押さえたまま立ち上がり、ふるふると小さく首を振ると走り出した。

「ヒナミ！」

「ヒナミちゃんっ？」

一体どうしたというのだろう。トーカがすぐに追いかけ、カネキは少しオタオタしてから、「本当にありがとう！」と少年に感謝し、二人を追いかけた。

ヒナミはしばらく駆けた後、急に立ち止まる。彼女の両手は自分の腹を押さえたままだ。

「ヒナミちゃん」

心配して声をかけようとしたカネキを、なぜかトーカが止めた。そして、ヒナミの隣に立つと、「ヒナ」と小さく名を呼ぶ。ヒナミはこちらを振り向くことなく震え声で言った。

「……お腹が、なったの」

冷や水を浴びせられたように、一気に熱が冷めていく。つまり、それは、要するに——？

「なんでかわからないけど、お腹が……なんで、私……どうして……」

ヒナミは自分の身に何が起きたかわからず混乱しているようだった。

「……もういい、もういいよ、ヒナミ」

トーカはヒナミを抱きしめる。ヒナミはそれ以上、何も言わなかった。自分達も言えなかった。

人と〝喰種《グール》〟の間にある、大きな境界線。知れば知るほど色が濃くなり、まるで自分達を嘲笑《あざわら》うように立ちはだかっている。

それから、ヒナミは図書館に行かなくなった。少年にもらったしおりも、どこかに隠してしまったらしい。

——……この世界は間違っている。

それは、以前自分と対峙《たいじ》した若き喰種《グール》捜査官の言葉だった。

カネキは思う。あの人は、一片の過ちもない世界を思い描けるのだろうか。

自分はまだ。

その世界を視ることができない。

四

物思いにふけるカネキ、ヒナミを気にかけるトーカ、そして、心を沈ませるヒナミ。それぞれの胸の内が透けて見える。

「やはり気が抜けると小さなトラブルが増えるね」

二階の一室、ヨモからの報告を聞き終えた芳村が息を吐くように言った。

不審者が周辺をうろついていると注意していた時であれば、彼らは簡単にヒナミを一人にはしなかったはずだ。

不審者が、いなくなってしまったから。

しかし、そう頻繁に不審者が現れてもいけない。慣れてしまえば警戒心は一気に薄れ、意味のないものになる。

芳村が言った〝不審者〟はどこにもいない。それは芳村が望む時に現れ、ヨモが多少肉づけすることで、勝手に歩き出すいわば影。

彼らを心配するからこそ影は現れ、それは時に彼らを守り、時に彼らの行動を制限する。

「……優しさか、厳しさか……わからなくなる時があります」

ヨモの小さな呟き。彼は「……独り言です」とつけ加えた。

芳村はそれに、たおやかに微笑みながら言う。

「そう簡単にすべてを理解されるようでは、生きていけないからね」

そして、ヨモと同じように「独り言だよ」とつけ加えた。

「私はまだ、見てみたいものがあるからね」

五

「ただいま」

「お帰りなさい。今日は早かったのね」

帰宅した父親に母が駆け寄る。

父は脱いだ背広を渡しながら廊下を進んだ。

「またもう少ししたらあちこち飛ばされるみたいだ」

「あら、せっかく20区の勤務だったのに……。でも仕方ないわね」

「こればっかりはな。東条《とうじょう》の奴は喜んでたが。20区勤務だと俺がすぐ家に帰るから飲みにつき合ってくれないって」

「あらまぁ、ふふふ」

リビングに入ると、息子が本を読んでいる。

「勇気《ゆうき》、今日はなんの本を読んでいるんだ」

読書好きな息子に問うと、彼は表紙だけ見せてきた。

「〝喰種《グール》解体新書〟？」

「あら、そんなもの読んでたの。お父さんの仕事に感化されたのかしら」

「おいおい、やめてくれよ。人間をつけ狙う極悪非道な生物と戦う危険な仕事だぞ？　20区もこの前、〝喰種《グール》〟が現れて俺達が……」

渋い顔をして説明しようとした父親に母は、「はいはい」と言って背中を押す。

「冗談よ。ほら、ご飯にしましょ」

そのまま、父と母はキッチンに入って行った。

勇気は息をつき、本の間にしおりを挟む。銀色で、先端に四つ葉のクローバーのマークが入ったしおりだ。

勇気の脳裏に紅い瞳が蘇る。あの子を見つけ出した時に色づいた、〝お姉ちゃん〟の瞳だ。それは、父がよく言う〝喰種《グール》〟の特徴、赫眼《かくがん》に似ていた。

今思えばあの三人には、父から聞いた〝喰種《グール》〟の話に当てはまるところがいくつもある。

――『極悪非道な生物』。父はいつもそう語るけど。

「……みんなみんな、悪い奴なのかな」

あの子には優しいお姉ちゃん、いざという時にすごく格好いいお兄ちゃん、そして、オドオドしてるけど笑うと可愛いあの子――。

「本当は……」

――いい奴だっているんじゃないか？

勇気はぱたんと本を閉じた。

――忘れよう。

今の自分じゃ何もできないから。どんなに格好悪くても、一番いい方法を見つけるまでは。

「勇気、そういえばお前、図書館の子はどうしたんだ」

リビングに戻って来た父が尋ねてくる。勇気は答えた。

「え？　あー、うん、……なんか引っ越したみたい」

#???

[吉田]

TOKYO 東京[日々]喰種 GHOUL

一

カズオだって生きている。

これは、死体の香りにつられた、〝喰種《グール》〟になりたてほやほやのカネキが、うかうか食事現場にやって来た上にパニックを起こして奇声を上げたため、巻き添えをくう形でニシキにどーんされ、四十一歳の人生に幕を閉じた吉田《よしだ》カズオの、生前奮闘記である。

「……皆さん、ここで太腿《ふともも》上げてー、はい下ろしてー、はい、また高く上げてー！　はいそう、ワンツー、ワンツー！」

20区、繁華街のほど近く。人の行き来が激しいこの場所に、カズオが勤務するフィットネスクラブがある。カズオはここのスタッフとして、主にエアロビクスを担当し、生計を立てていた。

顔は一言で言うなら「残念！」だがフィットネスクラブ勤務とあってスタイルだけは抜

群だ。手足は長く、腹筋は割れ、お尻だってキュッと上がっている。同僚達には頻繁に、「顔さえなければな！」と褒められた。

「カズオさんって、ほんっと、スタイルいいですよねぇ。憧れちゃいます」

そう言って、エアロビの休憩中にうっとりした表情を浮かべながら声をかけてきたのは、最近入会したマナミという女性だ。彼女は大手企業の受付嬢として働いているらしく、愛嬌があって可愛らしい。そして彼女はここに来るたびに、カズオのことを褒めてくる。

「……あの子さぁ、カズオに好意あるんじゃないのか」

会員達が帰り、スタッフだけになったところで、仲の良い同僚の早乙女《さおとめ》がそんなことを言ってきた。

「そ、そんなことはないと思うよ……ハハ」

「でも俺とかまったく見向きもされないんだぜ？　こりゃ、いよいよカズオにも春が来たかな」

早乙女は主にジムを担当しており、野性味溢れる筋肉質な体とカラリとした性格で人気の高いイケメンだ。年はずっと下だが気づけば彼の方が上司になっていたのでタメ口で話しかけてくる。それにももはや慣れた。

「単に話しやすいだけじゃないの。こんなオジサン相手にそんなもしもの話されてたら彼女が可哀想だって」

カズオは控えめにそう言った。早乙女は「そりゃ、そうだな!」とカラッと同意する。そこは「そんなことない」と否定してほしかったのだが。

しかし、あんな若くて可愛い子との間にそんな話が出るなんて。カズオは悪い気はしなかった。

ある日のことだ。仕事終わりにフィットネスクラブを出て家に帰ろうとしていると、どこからともなく怒鳴り声が聞こえてきた。どうやらクラブの駐車場から聞こえてくるようだ。ケンカだろうか。

クラブの敷地内で問題を起こされてはたまらない。カズオは声がする方へと走った。

「………!」

するとそこには、いつも自分に話しかけてくれるマナミがいたのだ。彼女のすぐ傍には、パンチパーマで顎髭《あごひげ》がはえている、いかにもガラの悪い男がいる。その男がマナミを怒鳴りつけていた。

たとえ顔は残念でも自分は〝喰種《グール》〟。滅多なことでは人間に負けることはない。

「やめるんだッ!」

カズオはババンと飛び出した。

「ああ、なんだテメェ!」

しかし凄まれ若干腰が引ける。

「や、やめなさい。もう夜だし、ご近所さんにね、響いたりするから……」

カズオは最初の勢いをなくし、しどろもどろに牽制《けんせい》した。すると男はチッと舌を打ってから、

「さっさと五十万返せよ！」

と叫んで去って行く。

――五十万円？

「……ごめんなさい、カズオさん」

「いや。それより……」

話を聞いて良いのか、カズオは迷った。

「実は、母が病気で、入院費を工面するために、悪徳金融からお金を借りてしまったんです」

だけど聞かずともマナミから話してくれた。

「お母さんが病気なの？」

「あ、でも大丈夫ですから！　迷惑かけてすみませんでした。……カズオさんが助けてくれて、嬉しかったです」

え、と上擦《うわず》った声が出た頃には、マナミはこちらに背を向けて、あっという間に駆け去って行く。彼女の頬が、微《かす》かに赤らんでいたように思えて、カズオはしばらくその場でスクワットを繰り返した。

それにしても、酷いことをする奴もいるものだ。あんないたいけな女性から金を巻き上げようとするなんて。

自宅に帰ったカズオは、腹筋をしながら世の不条理を嘆く。

ああいった輩《やから》は繰り返し脅しに来るのだ。しかも、家だろうが職場だろうが、それこそ今日のように趣味の場だってかまわない。あえて人前で怒鳴りつけることで恥辱《ちじょく》を与え、精神的に痛めつけていく。マナミもいつも辛い目に遭っているのだろうか。そう思うとやるせなかった。カズオは悪徳金融に怒りを向ける。

「そんなことしてたらマジで殺すぞっ！　俺の殺すはマジだぞ……ッ！」

だって自分は〝喰種《グール》〟、いざとなれば喰ってしまえるのだ。カズオの赫眼《かくがん》がカッと出現し、カズオの腹筋が更にスピードを増す。その日カズオは怒りのままに、数時間腹筋をやり続けた。

二

「……あの、カズオさん、この前はありがとうございました」

数日後、エアロビが終わり会員達が帰るなか、早々に着替えたマナミがカズオの元にやってきた。

君を思って腹筋数千回したよ——なんてことを言えるはずがなく、「いや、大変だったね」と遠慮がちに返す。すると彼女は「先日のお詫びです」、と言ってカバンの中から大きな弁当箱を取り出した。中から人間の食べ物の匂いがぷんぷん漂ってくる。

「こ、これは……」

「お弁当です。毎日体を動かされて、お腹すくでしょうからいっぱい作ってきました！」

気遣いがこんなにも激しいワンツーパンチを叩きこんでくることがあるだろうか。

しかしカズオは「ありがとう」と受け取った。これは感謝の証《あかし》なのだ。食わずして男が名乗れるか、否、名乗れない。

「頑張れ、頑張るんだカズオ！……ウゲェ——……ッ！」

自宅に帰ったカズオは自身を鼓舞《こぶ》し、弁当を食べた。あれもマズイ、これもマズイ、それもマズイ、全部マズイ。だけど食べた。すべて食べ尽くした。

そして二日寝こんだ。


それから一週間後のことだ。マナミの弁当が胃袋に響いて未だ体調不良なカズオが、ようやく仕事を終えフィットネスクラブを出ると、駐車場から怒鳴り声が聞こえた。

「まさか……！」

慌《あわ》てて駆けつければマナミがまたしても先日の男に迫られている。

「やめろやめろー！」

「またお前かよ……」

? ? ?　［吉田］

男はチッと舌打ちし、「五十万だからな、五十万！」とマナミに吐き捨て去って行く。

「マナミ君、大丈夫……」

そして、カズオが彼女に駆け寄ろうとした時だった。

「カズオさん……っ！」

マナミが自分に抱きついてきたのだ。驚きにカズオの体が伸び上がる。

「あ、ごめんなさい……」

彼女はすぐに離れて謝罪した。

「嫌ですよね、私みたいな女……。こんな、親が入院してて、取り立てにあってるような駄目な女、カズオさんにふさわしくない……ッ！」

彼女はポタリと一筋涙を零《こぼ》し、駆けて行く。カズオはそれを、ただ呆然《ぼうぜん》と見送った。


「……マジで殺してやる、俺の殺すはマジだぞ、比喩じゃないぞマジだぞ!!」

連日、マナミのことを思って怒り心頭のカズオは、自分を落ち着けるため、喫茶店「あんていく」にコーヒーを飲みに来ていた。

しかし「あんていく」のコーヒーも今日は自分を諫《いさ》めてはくれない。悪徳金融に対する怒りが今も燃え盛り、髪が抜け落ち額が干上がってしまいそうだ。

比較的温厚な自分が、まるで人間の酔っぱらいのように暴言を吐く。

すると、カウンターの奥にいたここの看板店員、霧嶋董香《きりしまとうか》がやってきた。彼女は自分の横に立つとニコッと笑う。

「……周りに人間も客もいんだろ、殺すぞマジで」

その笑顔からは想像もつかない、凍てついた声。

——彼女の〝殺す〟は、自分の殺すの更に上を行く、マジ中のマジ、鬼マジだ。

「………」

カズオは黙ってコーヒーを飲み始めた。命が惜しかった。

しかし、ようやく冷静になれたカズオは一つ決心する。今こそ男を見せる時だ。

三

「え、どうしたんですかこれ……っ！」

厚みのある茶封筒。突然差し出されたそれに、マナミは目を丸くする。

そんな彼女にカズオは言った。

「開けてみて」

彼女は恐る恐る封筒の中を覗きこむ。

「……っ！」

彼女が驚きに口元を押さえカズオを見た。カズオはこくりと静かに頷く。

茶封筒の中に入っているのは——五十万円。

彼女が悪徳金融に借りた額だ。

「それで借金を返してくるんだ」

「そんな、ダメです、カズオさん！　カズオさんにこんなことさせられない……ッ！」

「大丈夫、いいんだ」

カズオは少しカッコつけて、親指を立てる。

「自由になってきたらいいよ」

マナミは目に一杯涙を浮かべ、深々と頭を下げた。そして走り出す。

——そうだ走るんだ、思い切り走るんだ、今こそ自由になるために……！


その日から、マナミが消えた。

毎週二回はレッスンに来ていたというのに、まったく姿を見せなくなったのだ。

まさか悪徳金融と揉めて酷い目に遭っているのでは——。

カズオはどうしてあの時一緒に行かなかったんだと後悔する。

カズオは彼女がフィットネスクラブに提出していた会員申込用紙をこっそり盗み、彼女の携帯に電話をかけてみた。しかし彼女は出ない。

今度は記載されていた彼女のマンションに行ってみた。そこにマンションはなかった。

一体どこに行ってしまったのだろう。彼女が心配で心配でどうしようもないカズオは見る間に疲弊《ひへい》していく。

「おい、カズオ、どうしたんだ。最近キレが悪いぞ」

心配したのは同僚達だ。誰もいなくなったエアロビクス室で一人鏡の前に立ちつくすカズオに、早乙女が「悩みがあるなら相談しろよ！」と白い歯を見せる。

「そうですよカズオさん、このままじゃ体脂肪率が0パーセントになってしまいますよ」

「私達仲間でしょう。なんでも話してちょうだいよ」

他の同僚達も心配顔で優しく声を掛けてくれた。

正直これはもう自分一人の手には負えない。

「実は……」

カズオは思いきって、みんなに相談してみることにした。同僚達は、真剣な表情でカズオの話に耳を傾ける。

しかし、一人、また一人と表情を引きつらせていった。

「……というわけで、マナミ君が何か酷い目に遭ってるんじゃないかと」

「カズオ」

ようやく話し終えた時、若干食い気味で早乙女が名を呼び両肩をつかむ。彼は、「気をしっかり持って聞いてほしい」と前置きしてから言った。

「五十万も借金して親が入院中の女子は、フィットネスクラブに来ない」

衝撃だった。何を言っているのだと、笑おうとする。しかし早乙女の言葉が体を駆け抜

け離れない。脳内に文字が浮かんだ。〝確かにそうだ！〟と。

「カズオさん、あの子、可愛い顔してるけど、ガラの悪い男とつき合ってるみたいだったよ……？　確か、パンチパーマで、顎髭はやしてて……」

知らなかった恋人の存在。しかもその恋人の特徴が、あの時彼女を怒鳴りつけていた悪徳金融の男に似ている。まさか、双子――。

「そもそも、大手企業に勤めてるなら五十万くらいすぐ返せますよ」

「こうなってくると、どこまで嘘かホントかわからないわね……」

同僚達は、カズオの話を聞きながら疑問に思ったことを次々言い始める。カズオが何一つ気づかなかったことを事細かに。そうして全体像が見えてきた。

マナミは当初から金目的でこのフィットネスクラブに入会し、カモになりそうな男を物色して、騙しやすそうなカズオに白羽の矢を立てたのだ。

「カズオ！　警察に被害届を出そうぜ！　いくら女慣れしてない残念な男でも、人権はあるんだ！」

早乙女が拳を握りしめ、熱くそう叫ぶ。しかし、カズオは首を振った。

そりゃ、自分だって被害届を出したい。マナミ達をとっちめたい。だけど、警察に詳しい事情を聞かれているうちに、なにかの弾みで自分が〝喰種《グール》〟だとばれたら自分が殺されるハメになる。

もはや泣き寝入りするしかないのだ。

世間はなにかにつけて〝喰種《グール》〟が悪い、〝喰種《グール》〟が悪いと言うが、人間だって汚いじゃないか。一体自分が何をした。人は殺して喰っているがそこは見逃してほしい。

カズオはショックでダンゴ虫のように小さく丸まり動けなくなる。

「カズオ」

早乙女がカズオの肩を叩いて言った。

「踊ろう」

額を床に擦りつけ、両手を膝の横につき、さながらヨガの〝子供のポーズ〟をとっていたカズオが早乙女の方に顔を向ける。

「忘れたのか、このフィットネスクラブのモットーを……。〝どんなに辛いことや哀しいことがあっても〟」

早乙女はスッと立ち上がりカズオに手を伸ばす。周りの同僚達も立ち上がり、声を揃えるようにして言った。

「〝息を切らして、汗を流せば〟」

カズオは顔を上げ、彼らを見つめた。みんな、微笑んでくれている。

カズオは唇をぎゅっと引き締め、早乙女の手を取り立ち上がった。

「……〝ヤなことを全部、流してくれる〟——ッ!」

カズオが叫ぶと早乙女が白い歯をきらりと光らせ、人差し指を天に向けた。

「OK、カズオのためにミュージックを! センターはもちろんお前だ、カズオ! キレ

のある魂のエアロビクス、見せてくれ！」

カズオはしっかり頷き、センターに立つ。

そこに軽快なミュージックが流れてきた。

「……はい皆さん、両手を広げて、隣の人とぶつからないようにしてぇ！」

「ＯＫ！」

「大きく息を吸って、そして吐いて、それをもう一度繰り返してぇ！」

「ＯＫ‼」

「じゃあ行きますよぉ！　ワン、ツー、ワン、ツー、ワン、ツー、スリー、フォ——ッ！」

——カズオは踊った。

全力で、踊った。飛び散る汗と共に涙も溢れ出した。しかし同僚達はそれを指摘することなく、「ワンツー！　ワンツー！」と声を上げ続けた。

カズオは傷ついた。しかしもう、そんなことはどうでも良かった。翌日にまた落ちこむかもしれないが、とにかく今は幸せだった。

その翌日、泣きはらした目のまま「あんていく」でコーヒーを啜《すす》る。案の定、なくなった五十万を思って死にたくなっていたカズオは、殺す、いつかマジ殺すと心の中で唱えて正気を保つ。

「また不審な気配を察したんだってよ」

「またですか?」

そこで、なにやら物騒な話が聞こえてきた。見れば「あんていく」の店員が、神妙な面持ちで話し合っている。何かあったのだろうか。

そこにちょうど良く、店長の芳村《よしむら》が通りかかった。

「何かあったんですか? 不審者がどうしたこうしたって聞こえてきたんですけど」

芳村は足を止め、いつもの穏やかな笑みのまま言った。

「大丈夫です、カズオさんのところには現れませんから」

――自分の前には現れない? それは一体どういう意味だろう。

しかし芳村はニコニコ笑うばかりでそれ以上何も言おうとはしない。

なんだか、これ以上介入するなと言われているような気がして、カズオは「ははははは」と乾いた笑い声を上げ外に視線を向けた。

? ? ?　［吉田］

自分だってマナミと不審者に出会ったのだが、話したところで取り合ってもらえないだろう。

——俺だって一生懸命生きてるのに。

そう思ったうららかな昼下がりの午後だった。

ありがとうございました!

süi

連載当初から応援していた
“東京喰種”の小説化に携わることが出来て光栄でした。
ありがとうございました。

十和田シン

東京喰種 TOKYO GHOUL トーキョーグール [日々] Novel

東京喰種［日々］

2013年7月24日 第1刷発行
2020年9月16日 第21刷発行

初出　東京喰種［日々］　書き下ろし

著者　石田スイ◉十和田シン

装丁　シマダヒデアキ（L.S.D.）

編集協力　北奈櫻子

発行者　北畠輝幸

発行所　株式会社　集英社

〒101-8050　東京都千代田区一ツ橋2-5-10

編集部　03-3230-6297
読者係　03-3230-6080
販売部　03-3230-6393（書店専用）

印刷所　図書印刷株式会社

Printed in Japan ISBN978-4-08-703296-3 C0093